Le grand-chemin

JEAN-LOUP HUBERT

Le grand-chemin — *J'ai lu* 3425/**3**

La Reine blanche

Jean-Loup Hubert

Le grand-chemin

Éditions J'ai lu

Le film, ses acteurs et son réalisateur ont reçu de nombreuses distinctions :
César de la meilleure actrice : Anémone
César du meilleur acteur : Richard Bohringer
Grand Prix de l'Académie nationale du cinéma 1987
Prix Paul-Vaillant Couturier 1987
Grand Prix du Kinder Festival de Francfort 1987
Grand Prix de la jeunesse I.S.C. 1988
Grand Prix de l'UNICEF 1988
Prix Georges-de-Beauregard-Meilleur réalisateur 1987

Juillet 1958

C'est l'été. La chaleur qui monte des marais brouille l'écume d'un ciel blanc qui pèse sur la terre et l'assomme, lui craque la peau.

Dans ce trait d'horizon effacé, la silhouette floue d'un autocar grandit et passe... La guimbarde n'est plus toute jeune mais, sous les couleurs passées de sa carrosserie vieillotte, elle a bien dû transporter un jour ou l'autre tout ce que les communes qui s'enchevêtrent entre Nantes et Saint-Brévin comptent de population.

Son chauffeur les connaît tous, ces natifs de la poignée de villages égrenés sur le bocage. C'est même sa distraction favorite de les observer pour occuper le vide et la monotonie du trajet. La route invariable depuis tant d'années, le retour si semblable à l'aller qu'il lui arrive de se dire qu'il pourrait bien conduire les yeux fermés, s'il n'y avait cet intérêt maniaque pour les individus qui tressautent patiemment sur la moleskine de ses banquettes. Alors il les regarde, il les couve du coin de l'œil, ses passagers, avec la complicité usée de son rétroviseur.

Un gros d'abord, qui se liquéfie sur la première banquette près de la porte. Celui-là il le connaît, ils iront ensemble jusqu'au terminus et, sous prétexte de lui offrir à boire, le marchand de bestiaux lui racontera par le menu sa bordée dans les bars du quai de la Fosse avec le grossiste de Nantes...

L'autre a dû deviner dans l'œil du chauffeur, il éponge sa gélatine et rigole :

— ...Vivement le Pernod ! Elles m'ont donné soif, les salopes !... Les putains, c'est comme les cacahuètes...

Plus distraitement peut-être que d'habitude, le chauffeur répond immanquablement :

— Eh !... Elles sont payées pour !...

L'œil allumé, content de cette connivence rituelle, le gros se retourne vers les autres passagers dont la présence doit le retenir d'en dire davantage pour l'instant. Il se contente de dédier un clin d'œil au chauffeur, mais le regard de celui-ci s'est déjà porté ailleurs, sur la vieille qui occupe la banquette de l'autre côté de l'allée... Maigre et noire, ratatinée sur son sac à main, la dernière eau de son corps noyant des yeux presque effacés, la vieille paraît insensible à la fournaise qui règne dans l'autocar.

Chaque samedi depuis dix ans, elle occupe cette même place, à l'aller comme au retour, et souvent le chauffeur s'est demandé quel était le but de ce pèlerinage...

Mais ce qui l'intrigue aujourd'hui, ce n'est

pas la vieille et sa marotte, ce sont les deux passagers assis derrière elle : une femme et un enfant qu'il n'a jamais vus sur la ligne.

La femme est belle, avec quelque chose de triste qui ne parvient pas à la vieillir. Immobile, son regard soutient la brûlure de la lumière à travers la vitre. Ce sont ses mains et le geste légèrement tremblé dans ses cheveux qui trahissent sa fatigue.

Elle est enceinte et probablement proche du terme de sa grossesse, le chauffeur l'a remarqué lorsqu'ils sont montés à la gare routière de Nantes.

L'enfant observe sa mère à la dérobée, par petits coups, comme s'il volait des miettes. Il a huit ans. La même fragilité d'attaches, la même transparence de peau qu'elle, mais des yeux noirs pour ceux, bleus, qui se dérobent.

Entre chaque regard sur elle, les yeux de l'enfant se baissent sur la casquette de toile dont ses mains torturent la visière de Rhodoïd bleu, et c'est presque à voix basse, comme s'il n'était pas sûr de vouloir que sa mère l'entende, qu'il affirme, boudeur :

— J' veux pas y aller !

Cette phrase ayant été le leitmotiv du voyage, la jeune femme répond avec lassitude :

— Ne m'oblige pas à te répéter cent fois la même chose, Louis !

L'enfant n'insiste pas et repique du nez sur la visière bleutée que ses doigts martyrisent de plus belle avant que sa mère ne lui retire la casquette des mains pour la rajuster sur sa tête.

Voyant perler les larmes dans les yeux de son fils, elle sourit avec indulgence :

— C'est ça le courage de mon petit homme ?...

Avec un geste tendre, elle prend la main de l'enfant, la porte à ses lèvres pour en embrasser le creux, et puis la pose sur son ventre rond pour une caresse qu'elle guide.

L'enfant retire vivement sa main.

Au volant de l'autocar qui ralentit, le chauffeur se retourne vers ses passagers et annonce l'approche d'un arrêt en regardant dans la direction de la femme et de l'enfant, comme si cette information leur était particulièrement destinée :

— Le Grand-Chemin...

L'autocar vient stopper à la hauteur d'une guérite en ciment sur laquelle des affiches annoncent encore la kermesse et le gala de stock-cars d'un dimanche passé...

Sortant de l'ombre de l'abri, un homme s'avance jusqu'à la porte du car dont le soufflet s'ouvre avec un bruit pneumatique. Trapu, le torse musclé sous le maillot de corps du même bleu délavé que le pantalon de toile d'où il sort une main nonchalante, l'homme salue le chauffeur sans amabilité :

— T'es pas en avance !...

En secouant les jambes de son pantalon qui lui collent encore aux cuisses et aux fesses, le chauffeur descend de son autocar et souffle avant de répondre :

— Dans un four pareil ! J'ai déjà bien du mérite de rouler !...

Il tend le bras pour aider la vieille qui descend à son tour tandis que l'autre rigole et se donne une claque sur le ventre :

— Fais comme moi : décapote !

Le chauffeur ne relève pas l'ironie goguenarde de la réflexion, il guette la femme qui s'apprête à descendre en poussant le gosse avec la valise qu'elle porte en avant.

— Allez, Louis, descends.

Attrapant le gamin sous les bras, le chauffeur le soulève sans effort et le dépose à terre.

— Hop là !... te voilà arrivé !

L'homme au maillot de corps plisse une paupière pour examiner l'enfant et questionne le chauffeur qui maintenant attrape la valise des mains de la jeune femme :

— T'as pas oublié ma commande ?

Posant la valise à côté du gosse, le chauffeur désigne du menton le coffre latéral de l'autocar :

— Vérifie, c'est ouvert...

Il aide à son tour la femme à descendre et celle-ci esquisse un sourire en défroissant sa robe.

— Merci.

Ouvrant le ventre de l'autocar au niveau de sa brouette qu'il doit garer par habitude au centimètre près, l'homme n'a rien perdu de la scène et il est le premier à deviner le désarroi de l'enfant, juste avant que celui-ci ne se jette contre le ventre de sa mère en suppliant :

— J'veux pas y aller, maman ! J'veux pas y aller !

Découragée, la jeune femme repose la valise et tente d'écarter l'enfant qui s'agrippe.

— Ah! non, Louis! ne recommence pas!

Sans chercher à retenir ses larmes, l'enfant grimace de peur.

— Je veux retourner avec toi, maman! Je veux pas rester ici!

De loin, transvasant du matériel du coffre à sa brouette, l'homme regarde le chauffeur venir au secours de la mère et se pencher pour caresser la tête du gosse:

— C'est-y que tu pleures de venir en vacances, bonhomme?

» Te bile pas, va! si y a encore de l'eau dans la Chnaux, tu vas faire de fameuses pêches! C'est moi qui t' le dis!

La mère s'engouffre dans la brèche et sèche rapidement les larmes de l'enfant avec son mouchoir:

— Tu entends, Louis? Qu'est-ce que c'est que trois semaines!

Avec un sourire de connivence à la mère, le chauffeur ajoute:

— Dame! et pour ton retour... ça m'étonnerait pas que ta maman te prépare une sacrée surprise!...

Un peu crispée, la jeune femme sourit et, pour mettre un terme définitif à cet intermède, elle mouche un peu vivement le nez de son fils:

— A te voir, on dirait que je vais te perdre dans les bois!...

Le chauffeur tapote la tête du gosse et rassure sa mère en riant:

— Ça lui passera, allez! Je connais ça, j'en ai cinq!...

Revenu en poussant sa brouette chargée de

petites caisses, l'homme reprend cette phrase optimiste au vol et y ajoute son grain de sel :

— ... et tu t'en vantes !...

Il a dit ça avec un regard lourd, pesant sur celui de l'enfant qui, instinctivement, recule et s'accroche à sa mère qui reprend sa valise tandis que le chauffeur remonte s'asseoir à son volant sans répondre aux sarcasmes du bonhomme.

Encadrée dans la porte, la femme demande encore :

— Vous repassez à quelle heure ?

Le chauffeur répond en remettant le contact :

— Six heures moins dix !

Sa brouette reposée à terre, les mains dans les poches, l'homme corrige immédiatement :

— ... à une demi-heure près ! Ça dépend des tournées qu'on lui offre au terminus !...

Le chauffeur rigole et démarre.

Le bruit pneumatique des soufflets qui se referment accompagne le départ de l'autocar dont le flanc défile devant ceux qui restent, découvrant finalement l'autre côté de la route, le carrefour et son panneau indicateur : ROUANS 0,6.

Entraînant l'enfant sans attendre, la femme traverse la route sous le regard de l'homme qui crache dans ses mains avant de traverser à son tour, la roue caoutchoutée de sa brouette aussi silencieuse que ses espadrilles.

La femme et l'enfant avancent au milieu de la route. Le corps un peu cassé par le poids de la valise qui la déséquilibre, obligée sans cesse de ramener à sa hauteur l'enfant qui traîne les pieds, la jeune femme marche pourtant sans impatience, plutôt machinalement, comme quelqu'un qui est absorbé par une préoccupation tenace.

Son pas calqué sur le leur, l'homme avec sa brouette n'est qu'à quelques mètres derrière eux et ne les quitte pas des yeux.

Lorsqu'ils traversent le pont étroit et bombé qui enjambe une maigre rivière, l'enfant ne peut s'empêcher de vérifier la promesse faite par le chauffeur de l'autocar et regarde furtivement par-dessus le parapet... Il reste bien de l'eau dans la Chnaux et deux pêcheurs à la ligne somnolent dans leurs barques amarrées à la berge ; mais l'enfant se rembrunit aussitôt :

— Y a même pas de plage !

La mère ne répond pas, et l'enfant l'observe par en dessous en reprenant l'offensive :

— ... Pourquoi tu veux pas que papa me garde ? Y a la mer, à Nice !...

Il guette la réponse de sa mère, persuadé qu'elle ne pourra qu'admettre la justesse de son argument, mais celle-ci ne le regarde même pas et c'est à peine s'il distingue le sens des mots qu'elle glisse entre ses lèvres :

— En pleine saison, mon pauvre Louis !... comment veux-tu qu'il fasse...

Et pour elle-même, d'une voix lasse où perce sa propre inquiétude, elle ajoute en posant machinalement sa main sur son ventre :

— … il ne pourra même pas venir pour le bébé…

— Fallait pas le faire !

Il a dit ça presque méchamment, sans réfléchir, mais en jetant un regard farouche au ventre de sa mère, sur cette main qui a lâché la sienne pour une autre caresse.

Elle s'est figée, pâle comme sous une gifle, une gifle qu'elle a la tentation de rendre, mais que remplace un geste tendre dans les cheveux de son fils :

— Tu ne vas pas être jaloux !

Elle sourit de le voir se buter et reprend sa marche un peu plus vivement, mais à cause de cet arrêt l'homme avec sa brouette est maintenant juste derrière eux, ne perdant rien de leur dialogue :

— Il sera à toi aussi ce bébé…

— J'en ai pas besoin, moi ! C'est à cause de lui…

Il a dit ça alors que maintenant, au bout de la route bordée de peupliers gigantesques, on aperçoit les maisons du village groupées autour d'une église haute et massive, trop importante pour ce petit bourg. Dans cette perspective, entre eux et les premières maisons, il n'y a plus que la silhouette noire de la vieille de l'autocar qui trottine et qu'ils rattrapent inexorablement. Consciente de l'inquiétude qui grandit chez l'enfant, la femme lui sourit et le rassure :

— … Tu sais… quand j'étais petite comme toi, Marcelle, c'était mon amie… Tu verras, elle est très gentille !… et son mari aussi…

— C'est un vieux ?
— Je sais pas. Je l'ai jamais vu...
Agressif, l'enfant relève instantanément la contradiction :
— Comment tu sais qu'il est gentil alors ?
Juste derrière, l'homme à la brouette sourit en coin à la réplique de l'enfant pour qui la jeune femme corrige en improvisant visiblement :
— ... Marcelle me l'a dit dans sa lettre...
— Ça, ça m'étonnerait !
La jeune femme et l'enfant sursautent, surpris d'entendre cette voix d'ogre dans leur dos. Un ogre qui les rattrape et pose sa brouette alors qu'ils se sont figés et le regardent sans comprendre, avec ses gestes brusques et ses mots qui se veulent aimables :
— Vous allez fatiguer à traîner tout ça ! Donnez-moi la valise...
Et d'autorité il prend le bagage, le pose sur sa brouette et, pour faire bonne mesure, soulève l'enfant malgré un recul instinctif de celui-ci et l'assoit sur la valise.
— ... T'es moins lourd que ton baise-en-ville, toi, dis donc !
Cette dernière réflexion de l'homme lui faisant oublier l'incongruité de son entrée en matière, la jeune femme sourit, soulagée :
— Merci. Il fait tellement chaud !...
Le gamin face à lui, jambes pendantes et plus inquiet qu'heureux de profiter du transport, l'homme reprend les brancards de sa brouette et, avec un drôle de regard à la jeune

femme qui maintenant marche à ses côtés, il remarque à son tour :

— Dame ! une chaleur pareille... ça charcute les nerfs...

Ils avancent un peu en silence, le regard de l'enfant s'accrochant à sa mère pour échapper à celui de l'homme qui de tout près le surplombe et le dévisage...

— ... Alors comme ça tu vas habiter chez les Lucas ?

Répondant pour l'enfant, la femme rectifie :

— ... Juste pour les vacances...

L'homme plonge son regard dans celui de l'enfant et lui sourit, mais avec quelque chose de cruel au fond de l'œil qui transperce son vis-à-vis :

— ... On dirait que ça t'emballe pas, hein ! Remarque... t'as du flair !...

Interloquée, la jeune femme met du temps à réagir.

— ... Ecoutez, monsieur...

Mais l'homme est lancé et, sans cesser de fixer le gamin, accélérant légèrement le pas même, comme s'il voulait lui masquer sa mère, il précise sa menace :

— C'est pas la maison du père Noël chez Marcelle ! Ce s'rait même plutôt le repaire de la mégère !...

Cette fois, la jeune femme réagit vivement et vient au secours de son rejeton qui panique sous le regard cruel de son convoyeur.

— Ça suffit ! Descends, Louis !

L'enfant a déjà sauté de la brouette et la

mère se dépêche de reprendre la valise et d'emporter le tout comme on se sauve.

Goguenard, le bonhomme les laisse filer en persiflant pourtant encore à l'intention du gamin :

— ... Tu verras, la mégère !...

Sans un regard, la femme entraîne l'enfant sur la route et déjà ils dépassent la vieille en noir alors qu'elle allait atteindre la première maison du village... Nourri d'un argument de poids, l'enfant reprend son leitmotiv :

— J' veux pas y aller chez Marcelle ! Il a dit que c'était une mégère !

— Ne dis pas de sottises ! Il s'est moqué de toi, c'est tout !

Mais l'enfant se retourne encore pour regarder avec terreur l'homme qui dépasse à son tour la vieille en l'apostrophant :

— ... A galoper été comme hiver, toi, un jour, tu vas crever sur la route !...

L'essentiel du bourg de Rouans tient dans une grand-rue en côte assez raide qui monte jusqu'à la place de l'Eglise où sont groupés les quelques commerces du village et sa mairie flanquée de l'école publique.

La place est dominée par une église massive et prétentieuse que des temps troublés ou les soudains revers de fortune de la paroisse ont avortée de son clocher pour un provisoire moignon de bois qui lui rend un peu d'humilité...

Une fontaine de pierre en forme de pain de sucre et, face à l'église, une institution religieuse au préau désert forment l'inventaire monumental de ce village somnolant sous le soleil.

La femme et l'enfant remontent la grand-rue, suivis maintenant à distance par l'homme et sa brouette.

Au fur et à mesure de leur progression vers la place de l'Eglise, l'enfant inquiet observe chaque maison, son regard croisant ceux, curieux, qui les suivent de l'ombre d'une fenêtre ou du pas de la porte d'une épicerie...

Regagnant son église après une méditation digestive, son crâne et ses rares cheveux blancs protégés de la canicule par un mouchoir douteux noué aux quatre coins, le curé lève le nez de son bréviaire pour saluer d'un menton rongé de barbe le couple inattendu qu'il croise au pied de son parvis... Encore plus net que celui du vieux prêtre, l'étonnement de l'enfant le fait se retourner sur la soutane noire...

... et cela ne le rassure pas d'entendre le curé s'adresser en connivence à l'homme à la brouette :

— ... La fontaine serait-elle devenue miraculeuse que tu y boives de l'eau ?

La goule ouverte sous le filet d'eau qu'il vient de pomper, l'homme rigole en répondant au curé :

— ... Le miracle, ce s'rait qu'elle pisse le muscadet de ta cave, curé !...

Passé la place, la grand-rue se heurte à l'étrave d'un cimetière et se divise en deux routes qui forment une patte-d'oie pour aller se perdre chacune de son côté dans la campagne.

Fermée d'une grille et flanquée de deux ifs coniques qui semblent monter la garde, l'entrée du «champ des morts» marque en quelque sorte la fin du village et le cul-de-sac obligé de sa population.

C'est vers cette impasse que la femme semble conduire l'enfant...

Et leur approche est épiée par un regard dissimulé derrière le feuillage de l'un des ifs de l'entrée du cimetière...

Arrivant à la patte-d'oie, inconsciente de cette présence qui les observe, la femme choisit sans hésiter la route de droite et y entraîne l'enfant en lui faisant une dernière recommandation alors qu'ils passent tout près de l'if:

— C'est promis, Louis, tu ne fais pas de comédie et tu penses à embrasser Marcelle...

Mais l'enfant ne répond pas et se retourne brusquement en arrière en portant la main à ses cheveux: c'est une grosse boule de chewing-gum rose qu'il vient de recevoir sur la tête et qu'il décolle en cherchant vainement d'où ce projectile a pu lui être lancé...

D'un côté de la route il n'y a que l'if prolongé par le mur du cimetière, et de l'autre seulement deux maisons, les dernières du village, accotées l'une à l'autre et dont les fenêtres sont vides de la moindre présence... C'est vers la dernière maison, celle dont la façade entière est recouverte de vigne vierge, que la femme amène l'enfant.

— C'est ici… Qu'est-ce que tu as ramassé là ? Jette ça !…

Elle prend et jette le chewing-gum que l'enfant tenait dans sa main tandis que celui-ci se retourne encore, perplexe…

La fenêtre du rez-de-chaussée et la porte de la maison étant grandes ouvertes, la femme s'avance sur le seuil pour appeler en frappant :

— Y a quelqu'un ?

Le regard que l'enfant porte sur l'intérieur sombre de la maison témoigne que son dernier espoir est qu'elle soit vide… Personne ne répond, mais loin de rebrousser chemin comme l'espérait son fils, la jeune femme s'avance et l'entraîne jusqu'au milieu de la salle commune pour appeler encore en levant la tête vers l'escalier ciré qui monte à l'étage :

— Marcelle ? On est arrivés !…

Pour seul écho, le mécanisme d'une grande horloge peinte se met en branle et rompt le silence des lieux pour sonner la demie de trois heures qu'indique son cadran…

Un ouvrage abandonné sur la machine à coudre près de la fenêtre, une paire de lunettes cerclées posée sur la page d'un journal encore ouvert sur la toile cirée rouge de la table et, dans la perspective de la cuisine, une porte elle aussi ouverte sur l'arrière de la maison, tout indique une absence provisoire ; que la visiteuse explique pour l'enfant :

— … Elle doit être dans le jardin… Viens, Louis…

Quittant la salle commune, ils traversent la cuisine et doivent écarter un rideau de lanières de plastique multicolores pour sortir dans la cour. Encaissée entre une grange et le mur d'appentis de la maison mitoyenne, c'est un endroit d'ombre et de fraîcheur qu'occupent deux grands clapiers à lapins et une collection impressionnante de plantes grasses qui dardent leurs piquants sur une multitude d'étagères, de dressoirs et de supports hétéroclites et surchargés. L'arceau d'une tonnelle de glycine sépare la cour du jardin que l'on devine sous le soleil. En passant devant les clapiers, le visage du gamin s'éclaire d'un sourire qui répond à la curiosité des lapins dont les museaux roses se glissent dans les trous du grillage comme pour le renifler...

Fermement tenu par ses deux pattes arrière, le lapin gigote, se débat, avec dans l'œil cet effroi traqué et déjà résigné à la mort instinctivement pressentie...

La main l'accroche au clou de la poutre et il bat encore l'air de ses pattes avant, les détend dans le vide comme pour une course, une fuite impossible.

La main l'immobilise en le prenant par les oreilles... et avec une brutale précision le bâton s'abat sur sa nuque.

Le corps du lapin s'arc-boute et très vite se détend de tout son long, tressaute une dernière fois et enfin s'abandonne à la mort, une mollesse soyeuse gagnant tout son pelage, et son œil se fixe sans surprise sur la lame de couteau qui s'approche et qui, s'aidant d'un pouce machinal, l'arrache à son orbite.

Le sang gicle et coule d'un débit régulier jusqu'au sable assoiffé qui l'absorbe...

Les mains rougies de sang, la lame de son couteau précise comme un scalpel, Marcelle a déjà coupé les pattes avant du lapin et commence à fendre la fourrure du ventre blanc de la bête sur toute sa longueur...

Elle interrompt son geste en voyant la femme et l'enfant passer sous la tonnelle et s'avancer dans l'allée du jardin :

— Ah ! vous voilà quand même !

Elle a dit ça sans marquer d'étonnement particulier et se plante les mains sur les hanches pour les regarder venir à elle. Brune, charpentée, elle a le visage et la chair un peu rudes de ces femmes à qui il est difficile de donner un âge entre trente et quarante ans.

Essuyant la lame de son couteau sur son tablier et son front d'un revers d'avant-bras, elle les accueille avec la compassion de quelqu'un qui devine que le voyage a été pénible :

— Ma pauvre Claire !... tu as choisi ton jour !... Vous avez dû fondre !

— Dans le car surtout...

Les deux femmes s'embrassent rapidement, et tout de suite Marcelle sourit à l'enfant qui s'était figé en découvrant le cadavre du lapin à demi dépecé, son regard allant de la bête à la flaque de sang qui noircit déjà sur le sable, puis se posant sur le couteau et la main sanglante du bourreau qui se penche sur lui.

— Alors, c'est toi, Louis?

Sa mère le retient alors qu'il tente de reculer :

— Embrasse Marcelle...

Mais Louis n'en a visiblement nulle envie et son mouvement de recul fait rire Marcelle :

— Eh ben? T'as peur que je te mette du rouge ? !

Elle rit encore en essuyant le sang qui macule ses mains sur son tablier tandis que Claire insiste en poussant son fils en avant :

— Louis ! Tu pourrais dire bonjour au moins !

— Laisse donc ! on aura bien le temps de faire connaissance, hein, Louis !

Et retournant à son lapin, Marcelle s'excuse à l'adresse de Claire :

— Tu m'en veux pas, il faut que je le termine celui-là, je peux pas le laisser au soleil...

Et elle se met à découper la peau du lapin autour des jarrets en précisant à l'intention de Louis qui la regarde faire, fasciné d'horreur :

— C'est pour toi que je l'ai tué !...

Alors, avec un geste sans cruauté mais ignoble de facilité, elle retire comme une chaussette la peau du lapin dont la musculature entière apparaît dans sa nudité obscène.

Louis grimace de dégoût, d'autant qu'en toute bonne foi Marcelle lui dédie ce meurtre :

— ... Ce soir... pour fêter ton arrivée, je te mitonne un civet !... tu m'en diras des nouvelles !...

» ... Eh ben? t'en fais une bobinette!? Moi qui croyais te faire plaisir!...

Louis reste pétrifié comme si c'était lui qu'on écorchait vif, blême d'épouvante, vacillant, au bord du cri et de l'évanouissement...

Prenant elle aussi conscience de l'effroi de son fils, Claire le serre contre elle et l'entoure de ses bras en l'excusant :

— Je crois surtout qu'il est un peu impressionné, à cause du...

Elle a désigné la dépouille du lapin et Marcelle comprend trop tard :

— Aïe! c'est vrai que c'est un petit Parisien!...

... et, riant en espérant soulager Louis, elle retourne la peau côté fourrure et plaisante :

— ... et Jeannot Lapin t'as pas dû voir souvent comment on lui retire le pyjama, hein! Qu'est-ce que tu veux, on fait pas d'omelette sans casser des œufs!... Tu aimes ça les œufs?

Louis se contracte et reste muet comme si la question venait d'une ogresse et que de sa réponse dépendrait la sauce à laquelle il serait mangé.

Sa mère avoue pour lui :

— Il adore ça!

La comparaison paraissant logique à Marcelle, elle en tire argument pour convaincre Louis :

— Eh ben, tu vois : le lapin c'est pareil... il saute pas tout seul dans la casserole!

Elle décroche le lapin de son clou et met la peau à sa place avant de refermer la lame de son couteau qu'elle empoche avec la satisfaction d'une tâche bien faite.

— ... Voilà!... ça va être à nous... Vous devez mourir de soif, mes pauvres enfants!

Passant sa langue sur ses lèvres desséchées et une main fatiguée sur son front pour écarter la mèche de cheveux qui s'y colle, Claire avoue:

— ... Maintenant que tu le dis... Mais tu sais, tout ça a été tellement... Je n'ai rien pu avaler pendant tout le voyage!...

Enveloppant le lapin dans un torchon blanc qu'elle avait laissé sur une pierre, Marcelle inspecte Claire des pieds à la tête en constatant avec une compassion pratique:

— Je m'en doute! mais ça changera rien de te laisser dépérir... Pour commencer tu vas rentrer t'asseoir, t'es blanche comme un Aspro!

Avant de les entraîner vers la maison, elle soulève le menton de Louis en ajoutant:

— Lui aussi faudra lui refaire des joues!... On ira cueillir des fraises tout à l'heure, ça te va?

Louis esquisse enfin un sourire mais reste sur la défensive, et c'est plus avec méfiance qu'avec gourmandise qu'il se retourne pour jeter un regard au lapin, comme s'il voulait vérifier que le jardin de Marcelle ne recelait pas d'autres monstruosités sous ses apparences paisibles...

En passant à côté d'une cabane étroite goudronnée dont la porte est percée d'une petite ouverture en losange comme les cabines de plage que Louis connaît bien, Marcelle précise pour lui :

— Ça c'est le petit coin... si ça te dit !

— Tu n'as pas envie, Louis ?

— Non.

Il ment visiblement et sa mère paraît déroutée par cette hostilité qu'elle ne sait comment désamorcer. Marcelle ne s'en formalise pas et y trouve plutôt matière à rire :

— C'est bien ton fils, ma pauvre Claire !...

Ils remontent vers la maison, traversent la cour tandis que Marcelle se souvient :

— ... tu te serais tortillée pendant des heures plutôt que d'aller dans les cabinets de la pension !

Claire sourit à son tour :

— J'allais dans les massifs derrière la chapelle...

— ... où toutes les classes de garçons pouvaient te voir !

Elles rient ensemble en franchissant le rideau multicolore pour entrer dans la cuisine alors que l'enfant s'est arrêté devant les clapiers et approche son doigt des museaux de lapins qui tentent de le lui grignoter à travers le grillage...

Dans la pénombre fraîche de la salle commune, Claire s'est laissée tomber sur une chaise tandis que Louis reste en arrêt devant le buffet où, sur un napperon au crochet, trône la reproduction en bois d'une charrette à foin avec son attelage de bœufs sculptés. La maquette est parfaite dans ses moindres détails et, revenant de la cuisine avec une collation disposée sur un plateau, Marcelle devine l'admiration de Louis :

— Elle te plaît la charrette ?

Comme s'il venait d'être pris en faute, Louis baisse les yeux et c'est sa mère qui questionne :

— C'est Pelo qui l'a fabriquée ?

— C'est bien la seule chose qu'il ait réussie !...

Marcelle a dit ça en haussant les épaules et en chahutant les tasses et la théière, comme si la seule évocation de l'absent la rendait nerveuse.

Sincèrement, Claire regrette pourtant :

— C'est dommage qu'il ne soit pas là, j'aurais bien aimé le connaître !...

En servant le thé, Marcelle bougonne :

— Oh, lui !... pour le faire sortir de sa boutique !... Crois-tu qu'il aurait été vous chercher au car avec la fourgonnette !... Il le savait pourtant, l'animal !...

Mais très vite, devant la gêne un peu étonnée que manifeste Claire à ce réquisitoire, Marcelle retrouve sa jovialité pour servir à Louis un grand verre de sirop noyé d'eau fraîche qu'elle accompagne d'un paquet de gâteaux vidé dans une assiette :

— Tiens, mon lapin... de la menthe et des galettes Saint-Michel... ça te va ?

Pas encore tout à fait amadoué, Louis ne répond ni oui ni non mais vient tout de même s'asseoir à la table, en choisissant ostensiblement la chaise la plus proche de celle de sa mère...

Marcelle s'assoit à son tour et regarde l'enfant avec un sourire attendri :

— ... Tout de même... ça me fait plaisir que tu me l'amènes !...

— Je sais. C'est pour ça que j'ai pensé à toi...

— T'as bien fait ! Je vais le dorloter ton poussin !... Ça va mieux, toi ?

Elle a demandé ça à Louis qui vient de vider d'un trait son verre de menthe à l'eau avec une gloutonnerie qui avoue le plaisir qu'il s'efforce aussitôt de dissimuler...

Le mutisme de son fils agace Claire qui le secoue par le bras :

— Tu peux répondre, Louis !

— Laisse donc ! c'est encore de les voir la bouche pleine qui fait le plus plaisir !...

Ces banalités échangées entre les deux femmes et centrées sur l'enfant indiquent que la présence de celui-ci les empêche de parler plus librement ; aussi, c'est avec une satisfaction évidente que Marcelle découvre un dérivatif :

— ... Tiens : regarde donc ta voisine qui vient fureter par là !...

Sur la route devant la maison, une gamine passe devant la fenêtre puis la porte ouverte sans chercher à dissimuler sa curiosité...

Marcelle l'interpelle en haussant la voix :

— Entre, Martine ! au lieu de te tordre le cou !...

Complice, elle ajoute pour Louis qui observe à son tour la fillette :

— ... Elle a jamais vu de Parisien d'aussi près, tu comprends !

Martine ne s'est pas fait prier et entre dans la maison en habituée...

C'est une gamine de dix ou onze ans, blonde mais hâlée comme un pruneau dans sa robe d'été qui lui laisse les bras et les épaules nus. Un visage triangulaire semé de taches de rousseur autour du nez, un regard aussi pointu que les dents de son sourire. Martine s'approche de la table sans timidité et regarde Claire droit dans les yeux :

— Bonjour, madame.

Claire lui rend son sourire et se penche sur son fils :

— Tu vois, Louis, je crois que tu as déjà une amie !...

Bien que Louis s'obstine à ne pas regarder la nouvelle venue, Marcelle s'engouffre dans la brèche et propose à Martine en lui glissant une poignée de galettes Saint-Michel :

— Tiens ! prends des gâteaux toi aussi... et emmène donc Louis faire le tour de tes bêtises ! Je suis sûre que ça l'intéresse !...

Peu enthousiaste, Louis quémande du regard le secours de sa mère, mais celle-ci le trahit et insiste :

— Va jouer un moment dehors, Louis...

Marcelle s'est levée et, d'autorité, elle prend les deux enfants par la main et les conduit jusqu'à la porte en avertissant Louis d'un ton moqueur :

— Te laisse pas impressionner, va! Elle a l'air comme ça, mais c'est plus dinde que dégourdie!... Allez! On a à parler toutes les deux...

... Un peu contraint, Louis se retrouve sur la route avec Martine qui le regarde des pieds à la tête avant de faire le premier pas:

— T'as quel âge?

Louis traîne un peu les pieds avant de répondre en la regardant par en dessous:

— Huit ans... presque et demi...

— Moi onze!

Elle tapote son front avec son doigt et précise fièrement:

— Mais là-d'dans ça fait plus!... A l'école je suis la meilleure! Et pourtant je me bile pas!...

Sans se préoccuper de l'effet produit par le portrait sans modestie qu'elle vient de tracer d'elle-même sur son nouveau compagnon, elle traverse la route en s'appliquant à mettre ses pieds nus l'un devant l'autre et en balançant ses bras tendus comme un funambule au-dessus du vide... Puis elle saute de côté, quittant le filin tendu par son imagination pour saluer d'une révérence qui se veut gracieuse son unique spectateur qui prudemment la suit à distance... Changeant de jeu avec une rapidité déconcertante, elle propose alors à Louis avec des mines de conspirateur:

— Tu veux que je te montre mon observatoire secret?

— C'est quoi?

— Viens voir!

Avec vivacité, elle le prend par la main et

l'entraîne jusqu'à l'entrée du cimetière devant le plus gros des deux arbres, qui semblent monter la garde. Là, elle descend dans le fossé et fait signe à Louis de la suivre :

— Viens ! faut passer par en dessous...

Louis hésite. Il regarde d'abord dans la direction de la maison de Marcelle et puis enfin se décide à rejoindre Martine dans le fossé. Alors celle-ci se glisse à quatre pattes sous les feuillages de l'arbre et disparaît très vite. Empruntant le même chemin, Louis disparaît à son tour...

Haut de plus de trois mètres, l'if, taillé en cône, ressemble de l'intérieur à une tente d'Indien ; ses branches permettent de grimper facilement jusqu'à son sommet et son feuillage dense d'être totalement invisible de l'extérieur. Il offre un abri sûr et un excellent poste d'observation. Martine est déjà installée sur une branche au sommet et c'est prudemment que Louis la rejoint, sans cacher son admiration :

— Dis donc... c'est vachement bien comme cabane !

Martine attend qu'il se soit installé à côté d'elle et, écartant le feuillage, elle lui fait découvrir le panorama avec une certaine fierté :

— Regarde : c'est moins haut que la tour Eiffel, mais d'ici on voit tout !... je peux surveiller tout l'monde et personne me voit !...

Louis passe la tête et constate que Martine

ne ment pas: de son «observatoire», on domine toute la patte-d'oie et la route jusqu'à la place de l'Eglise...

— Tiens, tu peux même te rincer l'œil!

Au premier étage de sa maison, elle désigne à Louis la fenêtre ouverte sur une chambre où, trop sûre de son intimité, une jeune fille vêtue seulement d'une culotte blanche est en train de donner un dernier coup de fer à repasser à sa robe d'été...

— ... C'est ma sœur Solange... elle est bien roulée, hein!

Louis acquiesce gravement en ne perdant rien des mouvements de la jeune fille qui maintenant lève les bras au-dessus de sa tête pour enfiler sa robe sur un commentaire goguenard de Martine:

— ... T'as vu, elle met même pas de soutien-gorge!... y va se régaler Simon!...

Louis se sent rougir en demandant:

— C'est qui Simon?

— Son jules! Y fait son service à Oran mais là il est en perme pour quinze jours, alors tu penses!...

» Tiens! ça c'est Yvonne, c'est ma mère...

Ouvrant la porte-fenêtre au rez-de-chaussée de la maison de Martine, une femme très maquillée apparaît un instant avant de retourner dans la pièce où une autre femme, une grosse, patiente sous un énorme casque-séchoir de salon de coiffure qui intrigue Louis:

— Elle est coiffeuse?

Martine fait la moue en laissant retomber les feuillages.

— Un peu... Le samedi, elle frise les bonnes femmes, pour la messe...

Par association d'idées, un mystère qui devait tracasser Louis s'éclaircit tout à coup :

— C'est toi, tout à l'heure, qui m'as jeté un chewing-gum dans les cheveux ?

Martine rit sans répondre et Louis admire encore la cabane secrète de sa compagne :

— Il est à toi toute seule, ton observatoire ?

— Ben oui, tiens !... Je suis fâchée avec les autres !

Et sans préciser les raisons de cette brouille, elle passe à un autre sujet :

— D'ici, des fois... je jette des limaces sur les bonnes sœurs du Port-Sinan quand elles passent à vélo !... Même des crapauds si j'en trouve...

Mi-épaté, mi-dégoûté, Louis grimace son incrédulité :

— Des vivants ?

— Evidemment !... Le mieux, c'est quand y a un enterrement ! Ça j'aime bien ! Regarde, on est aux premières loges !...

Elle vient d'ouvrir une brèche dans les feuillages du côté du cimetière, dont on découvre la multitude des tombes parquées entre les murs qui inspire à Martine un commentaire joyeux :

— ... C'est rigolo de les voir : y en a qui pleurent ou qui font la tronche, mais y en a d'autres qui se pincent pour pas pouffer de rire !... y paraît que c'est nerveux !...

Elle est la seule à en rire. En regardant toutes ces tombes alignées au cordeau sous le soleil comme les plates-bandes d'un jardin macabre, en imaginant qu'un vrai mort se trouve sous chacune de ces dalles, sous chacun de ces monticules, Louis a froid dans le dos. Des morts, il n'en a jamais vu autant, et qu'ils puissent être aussi nombreux dans un si petit village, cela le terrifie. Il a envie de pleurer mais il se retient à cause de Martine...

Dans la maison, Claire ne cherche plus à dissimuler son désarroi. Ses larmes coulent doucement alors qu'elle achève des confidences qu'elle paraît malgré tout soulagée d'avoir partagées avec Marcelle :

— Voilà... je ne sais plus quoi penser !...

— Ecoute donc !... pense à toi maintenant ! Pour un peu...

— C'est pour Louis que je m'inquiète... quoi lui dire...

Marcelle l'interrompt et affirme avec un bon sens bourru :

— Rien du tout ! Y manquerait plus que ça !... Est-ce qu'il demande à savoir ?...

Et posant sa main sur celle de Claire elle ajoute en regardant machinalement par la fenêtre :

— Crois-moi. Plus longtemps tu le tiendras à l'écart de cette histoire, mieux ça vaudra ! Et puis, si ça devait s'arranger, lui sera toujours bien passé au travers...

Dans l'arbre du cimetière, sans se douter qu'il est au centre de la conversation de Claire et de Marcelle, Louis se prête maintenant de bonne grâce au nouveau jeu inventé par Martine. Assis en tailleur au pied de l'arbre, armés d'accessoires de dînette hétéroclites, les enfants confectionnent avec application une tambouille peu ragoûtante constituée pour l'essentiel de fleurs de pissenlit malaxées dans de la terre largement humectée d'eau sale. Rassuré de voir que la mixture était seulement destinée à nourrir la poupée démantibulée de Martine et qu'il était dispensé d'y goûter, Louis s'est un peu détendu et se risque même à questionner Martine :

— Il est comment, Pelo ?

— Il est menuisier...

— Il est gentil ?

— Ça dépend... Quand il a sa cuite il est pas baisant !...

Et comme Louis ne paraît pas rassuré par le portrait qu'elle trace du bonhomme, elle précise :

— Remarque... c'est pas ça qui fait peur à Marcelle !... elle est dure à cuire...

— C'est vrai que c'est une mégère ?

— Une mémère ?

— Non. Une mégère ! Tu sais c'que c'est, toi ?

Martine interrompt la confection de ses boulettes et réfléchit, avant d'admettre :

— Non... je sais pas... Mais si tu veux je chercherai, j'ai un dico ! y a tout dedans ! Tiens, tu sais c' que c'est une blennorragie ? Je parie que tu sais pas ?

Louis avoue son incompétence avec une moue de dénégation, et Martine éclate de rire en se plaquant la main entre les cuisses et en feignant même de se frotter :

— C'est la chtouille !

— Je l'savais !

Son rire un peu forcé avouant le contraire, Louis n'en saura pas davantage aujourd'hui sur la signification de cet extrait du Larousse dont Martine semble tant se réjouir : à cet instant, Marcelle sort sur le pas de la porte et appelle dans la direction des ifs :

— Martine ! Ramène donc Louis, sa mère doit partir !...

Et se retournant vers l'intérieur de la maison, elle ajoute en riant pour rassurer Claire :

— Tu vois : occupé comme il est déjà, tu partirais, il s'en apercevrait même pas !...

Au volant de la quatre-chevaux paternelle, Simon traverse le bourg de Rouans ; guilleret, il passe encore une main dans ses cheveux trop courts et s'adresse un clin d'œil satisfait dans le rétroviseur...

Alors qu'il arrive en vue de la patte-d'oie du cimetière, dans l'encadrement du pare-brise il aperçoit les silhouettes de Marcelle, de Claire, de Louis et de Martine, spectatrice effrontée des adieux...

Simon arrête la voiture devant la maison de sa fiancée où, sitôt sa portière ouverte, il est interpellé par Marcelle :

— ... Simon ? si tu retournes sur Le Pellerin, tu n'aurais pas une place dans la voiture ?

Chemise largement ouverte sur un torse avantageux, la décontraction naturelle d'un heureux caractère, Simon a l'œil qui rigole déjà :

— ... Pourquoi ? Tu veux chaperonner Solange ?

Désignant Claire, Marcelle hausse les épaules :

— Tu vas me déposer Claire au Grand-Chemin, elle a le car de six heures à prendre...

Simon reluque Claire sans vergogne et lui sourit :

— C'est comme si c'était fait ! Je refuse jamais de prendre les dames !...

Sortant de la maison, pomponnée et radieuse, Solange calme les excès galants de son petit ami :

— Heureusement qu'il en dit plus qu'il en fait !... Bonjour, madame... alors on vous emmène ?

Claire répond au sourire chaleureux de Solange :

— C'est gentil...

Et tout de suite elle se tourne et se penche sur Louis repris par l'inquiétude que Martine et son observatoire avaient réussi à distraire un temps :

— Il faut que je parte, mon chéri...

Louis se serre contre sa mère et tergiverse :

— Tu peux pas rester dormir pour cette nuit ?

— Non, mon chéri... c'est impossible... Tu

sais... j'ai encore un train à prendre pour être à Paris demain matin... Alors tu vas m'embrasser très fort !...

Sentant que les choses deviennent irréversibles, avec cette cruauté instinctive propre aux enfants, Louis s'écarte de sa mère quand elle veut l'embrasser et adopte un regard dur et distant, culpabilisant, alors que Claire surmonte sa propre émotion pour afficher une gaieté fragile :

— ... Je t'aime, tu sais, mon Pilou !... Tu me promets d'être gentil avec Marcelle ?

Et comme Louis ne paraît pas vouloir donner de gages sur ce point précis, Marcelle prévient en riant :

— Oh ! mais... s'il est pas gentil je le donne à garder à Pelo !...

Claire reprend son fils dans ses bras, et Louis se laisse embrasser sans rendre les baisers... mais c'est bien parce que Martine le guette du coin de l'œil qu'il ne craque pas dans le cou de sa mère, laquelle se méprend sur cet échange de regards entre les deux enfants et prend la main de Martine pour y mettre celle de Louis.

— Je te le confie, Martine ?

— Pas de problème ! j'ai plein de trucs à lui montrer !...

Claire se relève et, voyant Solange et Simon qui attendent près de la voiture, elle promet une dernière fois à Louis :

— ... je t'écrirai très vite une très longue lettre !...

» Marcelle... merci...

— De quoi donc ?

Elles s'embrassent et Marcelle serre le bras de Claire dans un geste de réconfort discret.

— Et puis... ça va aller, va !...

Mais, alors que Claire s'écarte pour rejoindre la voiture en dédiant un dernier sourire à Louis, celui-ci brise le masque fragile de sa mère en demandant, la voix dure :

— Et papa, il va m'écrire aussi ?

Claire a vacillé, pâli et instinctivement porté la main à son ventre, comme si elle allait tomber, et c'est Marcelle qui répond pour elle en secouant un peu Louis :

— Tu verras bien ! En attendant, va pas faire rater le car à ta mère avec tes questions !...

La diversion de Marcelle a juste donné le temps de se reprendre à Claire qui trouve la force de sourire, rassurante :

— S'il a le temps il t'écrira... c'est promis...

Puis très vite elle va jusqu'à la voiture et fait un petit geste de la main avant de s'y engouffrer.

La voiture démarre et, le visage fermé, le regard noir, Louis l'observe s'éloignant vers la place de l'Eglise tandis que Marcelle agite encore la main au-dessus de sa tête.

La voiture n'a pas encore disparu que Martine propose déjà à Louis :

— Tu sais jouer à la vache ?

— Oui, eh ben, on verra ça demain !

Marcelle n'a pas laissé à Louis le temps de s'informer sur ce jeu mystérieux que lui propose Martine, elle a pris le gamin par la main et l'entraîne déjà vers la maison avec une autorité dynamique et gaie :

— Viens ! On a du travail à faire tous les deux !...

Déçue, Martine les regarde disparaître dans la maison avant de retourner à son observatoire en traînant ses pieds nus dans la poussière...

Bordé d'une vigne à gauche et d'une haie doublée d'arbres fruitiers en espaliers à droite, le jardin de Marcelle est tout en longueur, avec des carrés de légumes bien alignés de chaque côté de son allée unique plantée à distance régulière de poteaux où courent les cordes à linge.

A mi-chemin de la maison et du fond du jardin, flanqué d'une pompe et surmonté d'un réservoir, le puits est fermé d'un couvercle de bois cadenassé...

Au bord d'un carré de fraisiers regorgeant de fruits rouges, Marcelle montre à Louis la technique pour cueillir les fraises sans abîmer le plant :

— C'est pas difficile... tu lui coupes la queue au ras des fesses... Mais faut surtout pas tirer dessus ! D'accord ?

Accroupi dans l'allée à côté du saladier, Louis acquiesce gravement et Marcelle se redresse en conseillant encore :

— ... Tu prends bien que les grosses rouges, hein !... et si la plus belle te fait saliver, c'est pas un péché de la boulotter !...

» Bon. Je te laisse... moi je vais ramasser mon linge.

Elle s'éloigne vers le fond du jardin.

D'abord maussade, Louis commence sa cueillette, puis, comme il tombe sur une fraise superbe, énorme et d'un rouge éclatant, il ne résiste pas au plaisir de sa découverte et la brandit à bout de bras pour alerter Marcelle qui là-bas accumule le linge sec sur son avant-bras :

— Marcelle ! Regarde !

Marcelle rit avec lui et lui conseille avec un geste :

— Eh ben, mange-la !

Louis ne se fait pas prier : le sourire retrouvé, il savoure le fruit gorgé de soleil à pleine bouche et s'émerveille en criant à Marcelle :

— C'est bon ! elle est toute chaude !

— Ben tiens ! T'as pas fini de trouver du plaisir à la campagne !...

Mais son sourire s'efface et elle s'arrête avec une épingle à linge en suspens en apercevant la silhouette qui s'avance dans le jardin et s'approche dans le dos de Louis qui n'a rien vu.

Sans sa brouette, avec maintenant une veste de bleu usée sur le dos et les mains dans les poches, l'homme rencontré à l'arrêt d'autocar s'arrête à côté de Louis qui sursaute en s'entendant interpellé :

— Alors, fiston ? Ça va, l'appétit ?

Brusquement surplombé par cette ombre massive qu'il reconnaît immédiatement, le gamin pousse un cri et bascule avec le saladier de fraises :

— MARCELLE !

Relevé d'un bond il court déjà vers elle en hurlant comme s'il avait vu le diable en personne :

— MARCELLE ! LE BONHOMME !

Marcelle le reçoit sur le ventre et l'entoure de ses bras en s'étonnant tout de même alors que le « bonhomme » s'approche, goguenard :

— Eh ben ? Qu'est-ce que t'as ? c'est Pelo !... Il est pas reluisant, mais tout d' même !...

» Il est bien nerveux, ton protégé ?

Pelo ricane en jaugeant le gamin qui, complètement perdu par la révélation, muet de terreur, reste accroché au tablier de Marcelle qui, elle, ne comprend pas très bien mais soupçonne déjà son mari :

— Qu'est-ce que tu lui as dit pour lui faire une peur pareille ?

— Rien ! J'arrive...

» On se connaît même pas... hein, Louis !

Et Pelo plonge son regard ironique dans celui de Louis comme s'il voulait le paralyser d'une menace voilée ou, plus probablement, le mettre au défi de dire le contraire, de raconter à Marcelle l'épisode de la brouette sur la route.

Louis le comprend bien comme ça et reste bouche ouverte comme une carpe, encore effaré par cette découverte monstrueuse qui le submerge de toute son évidence : sa mère l'a abandonné dans la maison d'une mégère et d'une espèce d'ogre qui pourtant l'avait averti de ce qui l'attendait !... La mégère a beau avoir l'air plutôt sympathique et se vouloir rassurante...

— Eh ben, remets-toi ! Il est pas toujours bien fin, Pelo, mais il va pas te manger, va !...

« L'ogre » ne manque pas de rappeler les crimes qu'elle est capable de commettre...

— C'est pas comme Marcelle... qui dorlote les enfants et les petits lapins !...

La pointe de sa fourchette restant inerte sur un énorme morceau de lapin dont la sauce rousse se fige dans son assiette, Louis garde les yeux baissés pour cacher les larmes qui commencent à les envahir... Revenant de la cuisine avec un paquet de sucre en poudre et le saladier de fraises plus rouges encore d'avoir été lavées, Marcelle s'étonne :

— Eh ben ? Tu n'as rien mangé ! C'est pas bon ?

Sans relever la tête, dans un souffle, Louis ment comme le font les enfants, sans y croire :

— J'ai pas faim...

A l'autre bout de la table, l'œil goguenard, se servant d'un morceau de pain pour essuyer son couteau avant d'en replier la lame et de le ranger dans sa poche, Pelo assiste à la scène avec une évidente jubilation et intervient :

— Peut-être qu'il aime pas la viande morte !...

Marcelle réagit immédiatement à la provocation et, d'un même geste, elle retire l'assiette de lapin et pose le saladier de fraises devant Louis à qui elle sourit, pleine d'indulgence.

— Après un voyage pareil, c'est pas étonnant que l'appétit manque! On va se rattraper sur le dessert, hein, mon Pilou!...

C'est intentionnellement qu'elle a utilisé ce diminutif entendu dans la bouche de Claire, et c'est avec des gestes maternels qu'elle dispose assiette à dessert et petite cuillère devant Louis, comme si cette attitude était une réponse à celle de Pelo:

— Ça passera tout seul, ça!...

— Bonsoir, la compagnie!

La voix rocailleuse qui vient de prononcer ces mots appartient à un drôle de petit bonhomme qui se tient sur le pas de la porte et salue la maisonnée d'un sourire édenté et d'avance contrit.

— Je vous dérange pas, au moins?

Il semble au contraire faire diversion à point nommé, et Marcelle devance Pelo en répondant sans chaleur:

— Bonsoir, Hippolyte! C'est donc déjà l'heure de te tourner les pouces?

Avant de le vider d'un trait, Pelo lève son verre dans la direction du visiteur.

— Comme j' te vois là, tu partais boire en Suisse, mon cochon!

Son mégot de roulé collé à ses dents jaunes, Hippolyte s'attarde et sourit de connivence:

— Dame! quand on a pas de moitié pour trinquer chez soi...

Pelo saisit la perche tendue et se lève déjà:

— Ça peut s'arranger!... Y s'ra pas dit qu'un

nanti te laissera vider la chopine sans compagnie !...

S'agissant visiblement d'un rituel bien rodé, le petit jeu goguenard des deux hommes ne provoque chez Marcelle qu'une indifférence blasée :

— C'est ça ! va donc !

Elle se rassoit sans les regarder sortir mais, dès qu'ils sont sur la route, elle se relève et gagne le pas de la porte pour crier à l'intention de Pelo :

— Mais si tu dois rentrer fin saoul, tâche de trouver la porte sans réveiller toute la maison !...

Elle claque violemment la porte et revient vers la table en souriant à Louis d'une façon particulière, avec une sorte de contentement, comme si le départ de Pelo lui permettait enfin de posséder l'enfant sans partage et de jouir de cette possession sans retenue :

— Nous voilà tranquilles pour un bon moment... (Et comme elle s'aperçoit que Louis n'a pas touché à ses fraises et reste bouche bée à regarder fixement en direction de la porte, elle retrouve un ton léger pour le rassurer :) Faut pas qu'il te coupe la gourmandise, tu sais !... il est plus bête que méchant...

Louis demande quand même, plus par inquiétude que par curiosité :

— C'est qui, Hippolyte ?

— Le fossoyeur...

Elle se rassoit avec une espèce de sourire désabusé et ajoute comme pour elle-même :

— Lui, c'est d'avoir enterré sa femme qui lui a donné la pépie !...

Elle-même vide son verre de vin d'un trait tandis que Louis déglutit difficilement, consterné à l'évidence par les nouvelles informations qu'on vient de lui donner sur le monde inquiétant dans lequel il se trouve plongé...

Avec le bourg en point de mire, calquant son pas sur celui de Pelo qui avance sans hâte, les mains dans les poches, Hippolyte résume la situation avec cet air de politesse et de détachement du paysan qui prend des détours pour tirer les vers du nez du voisin :

— Somme toute... vous voilà avec de la jeunesse !...

Pas dupe, Pelo satisfait bien volontiers la curiosité de son compagnon :

— Encore une trouvaille pour m'emmerder, oui !...

Satisfait de la réponse, Hippolyte acquiesce en ricanant :

— Sûr !...

Et comme un seul homme ils entrent dans le brouhaha du bistrot, Pelo saluant l'assemblée d'un grand coup de gueule, repris en écho par les habitués...

— La vue c'est pas le Mont-Saint-Michel... mais c'est clair !...

Marcelle a dit ça d'un ton pratique, en

ouvrant toute grande la fenêtre du premier étage, une fenêtre qui surplombe le cimetière.

Sans remarquer le trouble que provoque ce spectacle chez Louis, Marcelle précise en désignant au mur le portrait photographique jauni d'une vieille au regard sévère :

— C'est la chambre de grand-mère Pelo !...

En enfilant son pyjama, Louis lève les yeux sur le cadre ovale accroché à l'aplomb d'une commode au dessus de marbre agrémenté de deux vases ciselés dans le cuivre de douilles d'obus... Rapidement incommodé par ce regard figé qui semble pourtant le suivre dans ses moindres mouvements, Louis se contorsionne pour retirer son pantalon à l'abri précaire d'une chaise...

... à tel point que Marcelle découvre son manège, en devine la raison et rit de bon cœur.

— Eh ben ? ce serait donc pour elle que tu te tortilles dans les coins ? Elle en a vu d'autres, j' crois bien !...

Penaud, Louis regarde encore le portrait avec méfiance et s'inquiète.

— Elle est pas là ?

Marcelle rit encore en ouvrant un tiroir vide de la commode.

— Ah non ! elle dort en face maint'nant !...

Elle va jusqu'à la fenêtre en pliant machinalement les affaires de Louis et parle en regardant le cimetière comme si « l'autre » en face pouvait l'entendre :

— Même que j'étais pas fâchée quand elle s'est décidée à traverser la route !... Un chameau, celle-là aussi !...

Comme s'il voulait vérifier, Louis s'avance prudemment jusqu'à la fenêtre et découvre le panorama avec davantage de précision : d'ici, au premier étage, la route passant devant la maison paraît plus étroite, et c'est comme si la fenêtre donnait directement sur le cimetière, comme s'il suffisait d'une enjambée pour descendre au milieu des tombes... ou pour faire le chemin inverse !... C'est ce que doit penser Louis qui recule instinctivement...

Levant le nez de la valise de Louis, Marcelle prend conscience du trouble du gosse et, retrouvant une bonhomie affectueuse, elle le rassure :

— Fais pas attention à ce que j' dis, va !... c'est des vieilles histoires tout ça...

» ... Et toi mon sou neuf...

D'une claque sonore sur l'oreiller elle chasse le fantôme et prédit :

— Dans la plume, tu vas dormir comme un pape !

Elle replie l'édredon au pied du lit et propose :

— Si tu as trop chaud, tu peux encore retirer la couverture... de toute façon je vais laisser la fenêtre ouverte...

Avec un regard inquiet à ladite fenêtre, mais n'osant pas protester, Louis s'apprête à se glisser dans les draps puis se ravise et avoue, penaud :

— J'ai oublié d'aller aux cabinets !

— Ça fait rien ! y a tout c' qui faut...

Et, ouvrant la porte de la table de nuit, elle se penche pour en retirer un vase de nuit en faïence, énorme, qu'elle brandit en riant sous le nez de Louis :

— Celui-là, on peut tout lui montrer !

Les yeux de Louis s'arrondissent sur celui, peint, unique et magnifique, qui le regarde du fond du pot de chambre comme le symbole énigmatique et sourcilleux de la présence divine...

Immobile et froide, la pleine lune brille au-dessus du cimetière qu'elle éclaire de manière étonnamment précise, lui donnant l'aspect irréel et fantastique d'un décor de cinéma...

De l'autre côté du mur, remontant du bourg en profitant de toute la largeur de la route pour naviguer à leur aise, Pelo et Hippolyte échangent une dernière blague à voix étouffée et incompréhensible...

Sur le point de se séparer devant la maison, une même inspiration les plante au bord du fossé, face au mur du cimetière qu'ils tentent d'atteindre en pissant avec des grognements de satisfaction...

Le premier soulagé, Pelo se retourne vers la maison en se rajustant. Levant le nez et apercevant les fenêtres ouvertes des deux chambres du premier étage, il pousse du coude son compagnon et les lui désigne en riant sous cape...

Après quelques mimiques invitant Hippolyte à ne rien perdre de la manœuvre, Pelo porte ses deux mains jointes à sa bouche et, dans la direction des fenêtres, il pousse par deux fois le cri de la chouette ; un cri lugubre et parfaitement imité auquel Hippolyte répond avec le même talent par la plainte déchirante d'un chien hurlant à la mort...

Malgré la chaleur que la nuit n'avait pas encore dissipée, Louis grelottait dans son lit de plume et se mordait la lèvre pour ne pas pleurer...

Comment dormir dans le lit de cette morte qui n'arrête pas de le regarder du haut de son cadre éclairé par la lune ? Cette lune blafarde qui trouve un malin plaisir à transformer les guirlandes de vigne vierge qui pendent à la fenêtre en autant de farandoles démoniaques dont les ombres dansent sur les murs de la chambre. Comment dormir avec cette fenêtre ouverte comme une invitation aux occupants du cimetière à venir le tirer par les pieds ?...

Quand de cette fenêtre montent les cris d'animaux parfaitement imités des deux ivrognes, c'est plus que Louis ne peut en supporter : les yeux agrandis d'effroi il s'enfonce davantage encore dans son lit et tire les couvertures par-dessus sa tête comme un bouclier dérisoire...

Marcelle s'était couchée juste après Louis, mais, comme chaque fois que Pelo partait ainsi en bordée avec son acolyte, elle n'avait pas pu s'endormir. Elle avait feuilleté sans les voir les pages d'un vieux numéro de *Modes et Travaux* en laissant tourner dans sa tête les idées décousues et rageuses qu'elle avait toujours dans ces moments-là...

Tout à l'heure, quand elle les avait entendus

revenir et commettre leur farce cruelle sous la fenêtre de Louis, elle avait espéré que le gamin dormait déjà. Quand Pelo était entré dans la maison et que son pas lourd avait ébranlé l'escalier, elle avait posé son journal et éteint son chevet avant de se tourner vers le mur et de fermer les yeux en s'efforçant de retrouver son calme... Quand il était entré bruyamment dans la chambre en allumant, exprès, le plafonnier, elle n'avait pas bronché et avait fait mine de dormir...

Mais maintenant qu'il est là, assis sur le rebord du lit, en caleçon et tricot de corps, à souffler comme un bœuf pour retirer une chaussette récalcitrante, elle bout de l'intérieur, de honte et de dégoût!

Et il le sent bien, il le sait, et il ne tarde pas à ricaner pour elle:

— Te voilà revenue dans mon lit, du coup!

Marcelle ne répond pas mais s'agite et par anticipation s'écarte encore davantage de son côté.

Pelo la surveille du coin de l'œil et finit par jurer:

— Et merde!

Trop ivre pour vaincre sa deuxième chaussette, il renonce à ce combat perdu d'avance et se couche comme ça, pesamment, avant d'éteindre la lumière.

Calé dans son oreiller, presque assis, il souffle et se donne une claque sur le ventre avant de se tourner vers Marcelle qu'il titille encore avec jubilation:

— T'aurais donc changé d'avis?... ou c'est

que t'as hésité à sortir le berceau? C'est vrai qu'il est un peu grand ton lapereau!...

Cette fois-ci, Marcelle réagit violemment et se redresse pour faire face à Pelo qu'elle avertit:

— Ecoute-moi bien, Pelo! A moi tu peux me faire tout le mal que tu veux!... mais si jamais tu t'en prends à ce gamin, je te jure sur la tête du petit que...

Maintenant, c'est au tour de Pelo de se retourner de son côté en creusant sa place dans son oreiller et en grommelant alors qu'il éteint la lumière:

— Te donne pas la peine, va!... Bon Dieu! l'orage éclaterait pas qu'on respire un peu!...

Renonçant à discuter, Marcelle se recale de son côté en lui tournant aussi le dos, et la place très large laissée entre les deux paraît d'un blanc étonnamment cru dans cette chambre que la lune éclaire comme en plein jour...

Dans sa chambre, la sueur au front, la lèvre encore palpitante et nerveuse, Louis a fini par s'endormir, assommé de peur et de fatigue... Dans l'encadrement de la fenêtre, la vigne vierge s'agite sous le vent qui se lève et la lune se voile de la frange d'un nuage d'encre. L'orage monte, encore loin...

C'est dimanche. L'orage de la nuit a lavé le ciel de ses nuages et dissipé les cauchemars. La cuisine est baignée du soleil que déversent la fenêtre et la porte ouverte de la cour. Manches retroussées, à genoux sur le carrelage devant Louis planté nu et blanc comme une asperge dans un tub de zinc, Marcelle savonne le gamin au gant de toilette, allégrement, comme si elle en avait encore trois ou quatre qui attendaient leur tour.

Louis se laisse faire sans enthousiasme et garde fermement croisées ses deux mains sur son bas-ventre, jusqu'à ce que Marcelle exige avec une gaieté indulgente :

— Retire la main de ton jésus ! Le savon de Marseille lui piquera pas les yeux, va !...

Louis obéit en rougissant, et c'est à ce moment-là, alors que le gant de toilette de Marcelle le frotte entre les jambes, que la porte de la cuisine s'ouvre sur Pelo.

Les traits brouillés, en tricot de corps et bretelles baissées sur son pantalon du dimanche, Pelo va jusqu'à l'évier en faisant peser son regard sur le gamin qui a précipitamment remis ses mains sur son « jésus »...

Indifférente à l'entrée de son époux, Marcelle continue d'astiquer Louis en pinçant les lèvres.

De l'évier, en tournicotant son blaireau dans le bol de savon à barbe, Pelo observe Louis avant de remarquer, narquois :

— Dis donc ? T'en as fait un raffut cette nuit, toi !... Les pensionnaires d'en face ont dû se retourner dans leurs tombes !

En renversant un peu brusquement le broc d'eau au-dessus de la tête de Louis pour le rincer, Marcelle prend immédiatement la défense du gamin.

— Il a fait un cauchemar!... à cause de l'orage!...

Sceptique, affûtant le fil de son rasoir sur le cuir du fourreau, Pelo cherche le regard de Louis qui détourne les yeux...

— Tiens donc!...

Marcelle fait semblant de ne pas avoir entendu; frictionnant le dos de Louis avec une serviette de coton, elle l'embrasse sur le ventre et admire son œuvre:

— Te voilà beau comme un astre!

Le blaireau barbouillant de savon une moitié de figure, Pelo ironise avec un drôle de sourire en coin:

— Il est pas près de remanger du lapin!...

Tandis que les cloches sonnent à toute volée et font vibrer l'air sans interruption, ils sont plusieurs à tourner la tête en passant devant la maison, qui à pied, qui à vélo, pour regarder avec une curiosité sans détour la silhouette maigrelette de Louis raidi dans ses habits du dimanche. Gêné par ces regards insistants, Louis se sent ridicule avec cet épi qu'il devine dans ses cheveux. Ni le peigne ni le Pétrole Hahn largement dispensé par Marcelle n'ont pu en venir à bout. Il aurait suffi de le coiffer dans l'autre sens, comme d'habitude, mais ça, Louis n'a pas osé le dire à Marcelle... Celle-ci sort enfin de la maison en nouant un foulard de crêpe noir sur un chignon strict comme le tailleur gris qu'elle porte avec une certaine élégance. Elle donne un tour de clef à la porte, prend la main de Louis et l'entraîne vers l'église en adoptant une démarche et un port de tête qui défient à l'avance quiconque douterait de sa fierté.

— Viens-t'en vite... Il a fallu qu'il nous mette en retard, celui-là !...

Elle a dit ça en regardant fixement la silhouette trapue de Pelo qui là-bas, déjà loin, s'achemine sans hâte vers le café de la place.

En passant devant la maison voisine d'où s'échappe un air de radio et dont la literie s'étale sans pudeur aux fenêtres, Louis se demande si Martine va aussi à la messe...

Le parvis de l'église est déjà noir de monde, et c'est sans doute pour cette raison que Martine y a élu domicile. Assise jambes écartées sur les marches, dans le passage exact des fidèles qui entrent par la grande porte, elle jette en l'air ses osselets en s'appliquant visiblement à rater son coup pour avoir le plaisir de ramasser ses vertèbres de mouton dans les pieds des bigotes. Chaque regard outré sur la crasse de ses pieds nus, chaque mine pincée à sa vue semble la remplir d'aise et de malice effrontée. Et puis, pour elle qui cultive l'art d'observer, le parvis à l'heure de la messe comble sa curiosité et complète le portrait qu'elle se fait de chacun de ses concitoyens. Ainsi s'intéresse-t-elle de près à cette petite vieille qui met un temps fou à monter les douze marches et qui n'arrivera probablement à son banc que pour l'élévation. Si Martine devait se confesser, il lui faudrait peut-être avouer qu'elle attend patiemment le dimanche où la vieille ratera fatalement une marche... avec ou sans l'aide des osselets. Ainsi s'intéresse-t-elle aussi à Pelo qu'elle guette parmi les autres et qu'elle se réjouit de voir entrer au bistrot avec les mécréants de sa trempe... sachant qu'il lui suffit de tourner la tête pour surprendre le regard assassin de Marcelle dans le dos de son mari...

Elle n'est jamais loin derrière lui et leurs trajectoires ne divergent qu'à partir de la fontaine.

Mais aujourd'hui l'intérêt de Martine se nourrit d'une nouveauté qu'elle attendait : la pieuse Marcelle entraîne au pas de charge le pauvre Louis vers des dévotions dont visiblement il se passerait bien...

Apercevant Martine qui les regarde monter les marches avec son air dévergondé, Marcelle ne peut s'empêcher de lui faire une remarque doucereuse en passant :

— Tu n'as donc pas de chaussures, qu'on te croirait romanichelle ?

Attrapant illico la perche tendue, Martine fait sauter les osselets dans sa main tendue comme pour une obole :

— Je fais la quête !

Marcelle hausse les épaules et entraîne Louis qui se retourne pour répondre au sourire de Martine. Il serait bien resté avec elle au soleil, mais l'ombre de l'église se referme sur lui...

Assis à côté de Marcelle dans les premiers

rangs, Louis est bien placé pour découvrir une liturgie qu'il connaît mal... et qui, très vite, l'ennuie. Contrairement à Marcelle qui suit la messe avec une ferveur qui l'étonne, Louis commence à se dévisser la tête pour regarder autour de lui...

Ce qui attire son attention d'abord, c'est la statue de la Vierge qui lui sourit du haut d'un pilier et dont l'enfant divin a le nez écorché, laissant apparaître son plâtre... Machinalement Louis se met à gratter le sien, puis il essaie de reconstituer la chronologie des scènes du chemin de croix qui s'alignent entre les vitraux jusqu'à la Résurrection, mais bientôt les émotions accumulées depuis vingt-quatre heures et l'ambiance du lieu ont raison de sa résistance: il bâille et, peu à peu ses paupières, se ferment. Il se tasse davantage sur sa chaise et sa tête tombe doucement en avant. Dans un sursaut de conscience, il tente de la redresser, puis renonce à lutter. Sa tête retombe, entraînant le reste du corps qui d'un seul coup bascule dans un grand bruit de chaises renversées...

Ses cloches carillonnant à la volée, portes grandes ouvertes, l'église se vide de ses paroissiens qui clignent des yeux au grand soleil qui inonde le parvis... Parmi eux, Marcelle gronde Louis avec une sévérité de pure forme:

— S'endormir en plein sermon! Tu me la copieras!...

— » Qu'est-ce qu'il va penser de toi, M. le Curé ?...

Penaud, Louis ne répond pas et cherche du regard si Martine est toujours sur les marches...

Mais elle a disparu, en quête sans doute d'autres jeux défendus.

— ... Un bon bifteck, j'espère que ça te remettra les idées en place !... Sinon, cet après-midi, tu feras la sieste !...

Parmi les groupes de femmes qui papotent ou s'éparpillent, Marcelle et Louis traversent la place en direction des commerçants. Poussant Louis devant elle, Marcelle pénètre dans la boucherie en claironnant presque de son ton le plus aimable :

— Bonjour, messieurs-dames !

— Bonjour, Marcelle !

Tout de suite après cet échange de politesses commerçantes, la bouchère se penche au-dessus de sa caisse pour mieux observer Louis et questionner :

— Alors, c'est lui le petit Parisien qui vient s'installer chez nous ?... Es-tu content de venir en vacances à Rouans ?

Répondant à la place de Louis, Marcelle rit en ébouriffant les cheveux du gamin intimidé.

— Ça c'est pas sûr ! Il s'est déjà endormi en plein milieu de la messe, à en tomber du banc !...

Levant les yeux du rôti que le boucher est en train de lui ficeler, une cliente renchérit avec une mine entendue.

— Faut dire qu'il radote de plus en plus, notre curé ! Aujourd'hui j'ai rien compris !...

Rigolard, le boucher fait part lui aussi de son appréciation.

— Ça !... Si le calice servait que pour la messe !...

Marcelle hoche la tête à l'unisson et, laissant Louis en arrêt devant une tête de veau dont la langue blanche paraît brouter le persil de l'étal, elle vient s'accouder à la caisse pour passer sa commande.

— Donnez-moi donc quelque chose qui le requinque ! Il en a bien besoin !...

— On va lui trouver ça !... Quelle viande tu préfères, bonhomme ?

Sans doute à cause de la tête de veau blanchâtre qui le dégoûte, Louis répond sans réfléchir :

— Le poisson.

Sa réponse déclenche l'hilarité générale, et Louis se sent rougir jusqu'aux oreilles...

Marcelle a une sainte horreur des dimanches après-midi. L'inactivité de Pelo l'oblige à une coexistence forcée qui lui semble interminable. Généralement ils ne s'adressent pas la parole de la journée et, l'habitude aidant, chacun s'y prête comme à une espèce de rite consenti.

Mais aujourd'hui, la présence de Louis rend l'atmosphère encore plus lourde, comme si le désœuvrement du gamin devenait un révélateur cruel de cette joute silencieuse et exacerbait les nerfs.

L'oreille collée au vieux poste de radio posé en hauteur sur le manteau de la cheminée, Pelo tente d'écouter sur *Paris-Inter* la retransmission épique d'une étape du Tour de France. Il a du mal à entendre car la liaison en direct est très mauvaise, et pour ne rien arranger Marcelle coud à la machine près de la fenêtre. On dirait même qu'elle le fait exprès pour gêner Pelo, car elle emballe sa pédale de machine plus que de raison...

De son côté, peu concerné par les exploits de Robic et encore moins par le sprint effréné de la Singer, Louis rêve devant la charrette miniature de Pelo. Appuyé contre le buffet, la tête dans ses bras croisés, il contemple la maquette de bois sous tous les angles, mais sans oser y toucher...

Une fois de plus, Pelo tourne le bouton du poste pour tenter d'améliorer les choses, mais sans succès... A cet instant, si son regard avait croisé celui que lui jette Marcelle par-dessus ses lunettes, il est probable qu'il aurait eu envie de la gifler...

Inconscient de cet affrontement mesquin par appareils ménagers interposés, Louis se retourne et se risque prudemment à poser la question qui devait le démanger si fort, au point de s'adresser pour la première fois à Pelo :

— C'est vrai que c'est toi qui l'as faite ?

L'oreille tendue sur les grésillements du

poste et le regard perdu vers la ligne d'arrivée, Pelo répond distraitement :

— Mmmh...

— C'est beau !

Touché, Pelo doit l'être, car son regard sort du vague et se pose sur l'enfant... Mais avant qu'il ait pu répondre à cette admiration sincère, Marcelle lève le nez de sa couture et avertit :

— Oui, mais Pelo défend qu'on y touche...

L'air de rien, elle guette l'effet produit par sa perfidie, mais la réaction de Pelo n'est certainement pas celle à laquelle elle s'attendait : d'un geste sec il éteint la radio et, sans hâte, il vient jusqu'au buffet, prend la charrette et la remet dans les mains de Louis incrédule :

— Tiens !... et tu peux regarder : tout se démonte... les pièces sont chevillées, comme les vraies !...

Ebloui, le sourire jusqu'aux oreilles, Louis hésite encore :

— Je peux jouer avec ?

Comme si elle retenait sa respiration, Marcelle vient d'arrêter sa machine à coudre et, malgré le change qu'elle donne en vérifiant ses ourlets, Pelo doit très bien sentir l'acuité de son attention et l'importance de la partie qui se joue. Il sourit en répondant à Louis avec une gentillesse bourrue :

— Pourquoi crois-tu que je te la donne ? A ta place j'irais même dans le jardin... ça manque d'air ici !...

La charrette dans les bras, tellement heureux qu'il en oublie de remercier Pelo, Louis se précipite déjà :

— J'y vais !

Mais, de son coin, Marcelle stoppe son enthousiasme d'une exigence vengeresse :

— Louis ! Avant d'aller dehors, retire donc tes affaires du dimanche et change-toi !

Libéré après avoir enfilé chemisette, short et sandalettes, Louis n'a pas perdu de temps pour trouver à la charrette une nouvelle fonction digne de son imagination : l'ayant remplie de haricots verts probablement cueillis dans le jardin, il nourrit les lapins à travers le grillage des clapiers...

Tandis que les museaux grignotent, Louis rassure ses protégés avec des mines de conspirateur :

— Même si elle vous tue, Marcelle, moi je vous mangerai jamais !...

Du doigt il gratte la tête du plus vorace et affirme, sans scrupules pour la contradiction :

— D'abord, j'aime que le poulet !...

Voyant qu'il n'arrive pas à fournir en leur glissant les haricots verts un à un, il ouvre carrément le loquet et la porte pour vider le contenu de la charrette dans le clapier, puis voyant que les lapins de l'étage du dessous se dressent sur leurs pattes pour réclamer leur part, il promet en repartant avec la charrette :

— Je vais en chercher d'autres !

Passant la tête par-dessus la haie qui sépare

les deux jardins, Martine apostrophe Louis en riant :

— Alors ! C'était bien, la messe ?

Accroupi entre les rangs de haricots verts pour une nouvelle cueillette, Louis redresse la tête sans apercevoir Martine qui a déjà disparu... pour réapparaître aussitôt par un trou dans la haie qu'elle franchit à quatre pattes.

Louis l'accueille avec une moue qui en dit long sur l'intérêt qu'il a trouvé à la cérémonie du matin :

— T'as de la chance de pas y aller !... C'est long, dis donc !...

Martine s'accroupit à côté de lui et remarque aussitôt :

— Oh ! la ! la ! si Pelo te voit avec sa charrette, tu vas te faire appeler Léon !

Versant une poignée de haricots dans la charrette et prenant les bœufs pour la faire avancer dans la rangée, Louis est ravi d'épater Martine.

— Je l'ai pas volée, c'est lui qui me l'a donnée !

Martine n'en revient pas et regarde Louis sous un jour nouveau.

— Ben, dis donc ! Il t'a à la bonne, Pelo ! Moi j'ai jamais pu y toucher !...

— Tu m'aides ? Faut ramasser que les plus petits, c'est ceux-là qu'y préfèrent...

Se méprenant sans doute sur les bénéficiaires de la récolte, Martine acquiesce en se mettant elle aussi au travail.

— Evidemment ! c'est les meilleurs !...

Et accroupis chacun dans sa rangée, ils déciment allégrement les haricots verts de la pauvre Marcelle, Martine profitant de l'occasion pour en savoir plus sur son nouveau compagnon de sottises :

— Qu'est-ce qu'il fait ton père à toi ?

— Il est maître d'hôtel...

Martine se méprend sur le sens de l'appellation et s'étonne, un peu épatée :

— Il a un hôtel à lui ?

— Non, hé !... Il fait les saisons à Nice... et l'hiver à la montagne... Alors je le vois pas souvent...

Vidant en même temps leurs poignées de haricots verts dans la charrette, Martine gratifie Louis d'un haussement d'épaules et d'une moue compréhensive.

— C'est comme moi !...

— Il est maître d'hôtel aussi, ton père ?

— Mais non !... Avant il était militaire...

Elle a dit ça avec une fierté évidente, et c'est avec un regret aussi clair et nuancé de mépris qu'elle avoue la reconversion paternelle.

— Mais maintenant il a un car d'excursions... c'est pour ça qu'il est jamais là ! Forcément...

Loin d'être déçu, Louis trouve là au contraire matière à un rapprochement inespéré.

— Peut-être qu'ils se connaissent tous les deux ? Y va jusqu'à Nice avec son car ?

— Non... seulement les châteaux de la Loire...

Elle a dit ca en se redressant, fatiguée de cueillir les haricots qui d'ailleurs remplissent largement la charrette. Louis le constate aussi et décide d'arrêter le chargement.

— Ça va, y en a assez!... Hue! Ho!

Tirant l'attelage de bœufs, il fait rouler la charrette jusqu'à l'allée avant de la prendre dans ses bras.

Les deux enfants remontent ensemble du fond du jardin et Martine questionne encore en mâchouillant un haricot vert :

— Tu me la prêteras, la charrette ?

— Qu'est-ce que tu m'donnes si j'te la prête ?

— En échange je t'apprends le karaté si tu veux!...

— C'est quoi ?

— Du judo, mais mieux!... C'est mon père qu'a appris ça en Indochine... Tiens, regarde!

Alors brusquement elle bondit pour se planter face aux cabinets de bois et, en démonstration, elle dédie à la cabane une suite de manchettes soulignées de quelques onomatopées du plus bel effet : TCHOC! SCHLAC! DZOUING!!!

Et pour Louis, qui reste pantois, elle précise avec un air martial :

— Avec le karaté tu dégommes les chiottes de Marcelle d'une seule main! Les doigts dans l'nez!...

Passant sans transition de la théorie à l'illustration pratique, elle se plante en face de la porte des cabinets et, avec une rapidité et une force surprenantes, elle balance un coup de pied magistral dans le panneau de bois... qui s'ouvre instantanément sur Marcelle, laquelle sort courroucée du cabanon et promet, menaçante :

— C'est ça ! Que je te voie seulement toucher aux waters !...

Tellement surprise qu'elle ne recule même pas, Martine reste toute bête devant Marcelle qui se rajuste et prévient encore, la main levée :

— Ce s'ra pas du karaté, mais ça pourrait aussi bien te chauffer les fesses !...

Et puis brusquement, prenant conscience du contenu de la charrette que Louis serre dans ses bras, encore médusé par la soudaineté de l'apparition, Marcelle saute sur lui.

— Et toi ? qu'est-ce que c'est qu'ça ! ? ! Mes haricots !

Elle arrache la charrette des mains de Louis qui recule, et constate l'étendue des dégâts, furieuse :

— Et puis c'est tous mes jeunes encore ! Petit malheureux ! Tu m'as gâché tous mes jeunes !

Prise d'un soupçon soudain, elle se tourne vers Martine qui devait se réjouir un peu trop vite de voir les foudres de Marcelle se détourner sur Louis :

— C'est toi qu'as eu l'idée, je suis sûre !

Bondissant en arrière, Martine proteste de sa bonne foi :

— C'est pas moi ! Je croyais que tu lui avais dit de les ramasser ! J' te jure !

A cet instant, passant une tête hérissée de bigoudis par-dessus la haie d'aubépines, Yvonne s'inquiète, déjà prête à fustiger sa fille :

— Qu'est-ce qu'elle a fait encore, cette guêpe-là ?

Surprise de cette intervention, et sans doute à cause du ridicule d'Yvonne que la permanente en gestation n'avantage pas, la fureur de Marcelle est désarmée et c'est presque en riant qu'elle lui répond :

— Laisse donc ! Elle faribole plus qu'elle pique celle-là !... C'est Louis je crois bien qui a pris le relais !

Et, à l'adresse du coupable penaud, elle annonce la sanction :

— Puisque c'est ça, je confisque la charrette avec le chargement !...

Peut-être secrètement ravie d'avoir ainsi trouvé un prétexte pour annuler la générosité probablement douteuse de Pelo, elle tourne le dos aux enfants et prend Yvonne à témoin :

— Mes haricots verts !... je te demande un peu pour quoi faire ?...

Pourtant cet accès de répression n'a pas l'effet escompté sur Martine et sur Louis, car en sortant un peu précipitamment des cabinets tout à l'heure, Marcelle s'est rajustée très approximativement : par-derrière, elle a ramassé les pans de sa robe et de sa combinaison dans sa culotte de pilou rose qu'elle arbore en toute inconscience pour la plus grande joie des enfants qui découvrent l'indécence et détalent en pouffant de rire...

Derrière sa haie, Yvonne ne peut rien deviner et, répondant à l'interrogation de Marcelle, elle abonde dans son sens :

— Va donc savoir ce qui leur passe par la

tête!... Regarde-les!... Ça m'agace, quand elle ricane comme ça sans raison!...

— Ça lui passera!... Au fait! Pendant que je te tiens... Lundi après-midi, j'ai ma journée à faire chez Dédé Allaire, tu pourras me garder Louis?

— Ah! non, lundi je pourrai pas! J'emmène Martine à Nantes chez l'orthopédiste...

— Pourquoi donc? Qu'est-ce qu'elle a?

Yvonne lève les yeux au ciel:

— Les pieds plats! C'est pour ça qu'elle court toujours pieds nus, d'après le Dr Gauthier!... Enfin pour Louis... si ça t'arrange, je peux l'emmener aussi, ça lui fera une excursion!...

— Te dérange pas!...

Elle s'apprête à retourner vers la maison, mais regardant la charrette remplie de haricots verts comme si c'était la preuve d'une complicité dirigée contre elle, elle susurre:

— Puisqu'ils s'entendent si bien, il ira avec Pelo!...

— Comme tu veux...

Marcelle éprouve peut-être le besoin de se justifier en ajoutant:

— Moi je peux pas le prendre, il a déjà pas dormi de la nuit le premier jour, à cause des lapins!... Alors s'il me voit égorger deux cents poulets!...

C'est un peu pour elle-même qu'elle dit ça car Yvonne a déjà disparu derrière la haie. Emportant la charrette et le butin des enfants, Marcelle passe sous la tonnelle et traverse la cour en marmonnant encore:

— Les pieds plats!... Encore heureux si c'est pas autre chose qu'elle promène à l'air!...

Pauvre Marcelle! C'est elle qui rentre à la maison avec le derrière à l'air, suivie des clapiers par les regards avides des lapins qui, dressés sur leurs pattes, ne voient passer que les haricots verts...

Revenue dans le jardin, agenouillée sur une planche, Marcelle est occupée à tendre un filet par-dessus le carré de fraisiers.

Sans doute délaissé par Martine, Louis remonte du fond du jardin et s'arrête à bonne distance pour regarder faire Marcelle qui l'aperçoit et force sa voix, plus pour la forme que pour le délit déjà pardonné :

— Te revoilà! mauvaise graine!...

Penaud, et peut-être un peu inquiet de voir Marcelle protéger ses fraises, Louis demande :

— C'est à cause de moi que tu les enfermes?...

Marcelle ne peut s'empêcher de rire :

— Je devrais bien!... mais c'est pas pour toi, ballot!... si je mets rien, les moineaux vont tout boulotter!... et y en aura plus pour ton museau!...

Et finissant d'accrocher le filet, elle ajoute :

— En attendant tu vas venir m'aider à les éplucher, tes haricots... qu'ils aient pas été cueillis pour rien!...

A cette heure-ci de la journée, la salle de séjour est fraîche, le soleil ayant quitté la façade et la chaleur déclinant avec lui. Assis côte à côte devant une feuille de journal dépliée sur la table, Marcelle et Louis épluchent ensemble les jeunes haricots verts... Avec un soin très au-dessus de sa productivité, Louis aligne en tas méticuleux sa poignée déjà épluchée et questionne timidement :

— Ils seront bons quand même ?

Marcelle sourit malgré elle :

— Ça ! Pour des surfins... Même chez Cassegrain on n'en trouve pas des comme ça !...

A cet instant, Pelo fait son entrée et vient accrocher son chapeau sur la patère à côté du buffet. Tout de suite il remarque le retour de la charrette qui trône à sa place habituelle et se tourne vers Louis :

— Elle t'intéresse déjà plus, la charrette ?

Louis regarde les haricots verts puis Marcelle avant de répondre :

— Si ! Mais...

Marcelle ne lui laisse pas le temps de s'expliquer davantage, tout de suite elle change de conversation en s'adressant à Pelo d'un ton déjà glacial.

— Faudra que tu le gardes demain après-midi... Moi j'ai ma journée chez Dédé...

Pelo a bien senti le flottement quand il a questionné Louis et l'empressement de Marcelle à détourner son attention. Devinant qu'elle n'est pas étrangère au retour de la charrette sur le buffet et se sentant visé à travers ce symbole, il prend le contre-pied de la provocation et promet à Louis avec un air complice :

— On s'arrangera... entre hommes !...

Puis, d'un geste sec, il soulève un coin du journal où s'entassent les épluchures et constate avec une ironie accusatrice :

— C'est mon journal, ça ?...

Sans répondre, Marcelle replie le journal sur les épluchures et demande à Louis en désignant les restes de son goûter qui encombrent encore la table :

— Si tu as fini de goûter, remets donc le pain dans la huche ! Qu'il reste pas à durcir...

Louis obéit sans rechigner et se lève de sa chaise, emportant le pain vers la cuisine où Pelo s'est déjà défilé.

Avec ses claies à fruits et le vestige d'un four à pain sur lequel a été greffé le tuyau de la cuisinière, la pièce a gardé certains aspects du cellier qu'elle a dû être.

Des casiers à bouteilles et deux petits tonneaux sont alignés le long du mur et, penché sur l'un d'eux, Pelo est en train de remplir son verre de vin qu'il vide d'un trait. Sans se préoccuper du gamin qui ne sait visiblement pas trop où se trouve la huche, Pelo remplit à nouveau son verre à la cannelle de la barrique.

Après un regard circulaire hésitant, Louis opte pour un panier d'osier calé sur le côté de l'évier. Il en soulève le couvercle, se penche... et reste bouche bée devant le contenu de ce qu'il a pris pour une huche à pain : sur le dessus du linge sale entassé, souillure écarlate et noir, du sang macule la blancheur crue d'une serviette.

D'abord stupide, puis bouleversé par sa découverte, Louis recule et se heurte à Pelo dont la main referme le couvercle du panier.

— T'as raison... c'est pas très catholique les affaires de bonnes femmes!...

Une fois encore, Louis ne l'avait pas entendu s'approcher, comme si cet homme gros et lourd ne pesait rien sur le sol dès qu'il était en mouvement. Mais cette fois, sa présence rassure presque Louis qui peut questionner :

— C'est du sang ?

Pelo hausse les épaules et répond en retournant à la barrique :

— Presque...

Il remplit à nouveau son verre et le porte à la hauteur de ses yeux, le contemple en ajoutant, songeur :

— C'est de ça qu'on vient... et probable qu'on en sort jamais!...

Fasciné, Louis voit Pelo boire d'un trait le vin couleur rubis qu'une lumière de contre-jour rend plus rouge encore.

Pelo repose le verre vide et s'essuie la bouche d'un revers de main en faisant peser sur l'enfant un regard étrange.

— De quelque côté que tu la prennes, la porte de sortie... c'est toujours au ventre des femelles que ça te ramène... tu verras!...

Ses espadrilles glissant sans bruit sur le dallage, il sort de la cuisine.

Louis reste planté face au panier, complètement déconcerté, et sursaute quand Marcelle entre et l'interroge, soupçonneuse :

— Qu'est-ce qu'il te racontait encore ?...

Comme Louis détourne les yeux sans répondre, elle lui retire le pain des mains en hochant la tête :

— T'as donc pas trouvé ?...

Alors, sous le regard bête de Louis, elle ouvre une porte du placard, celle tout en long sous le tiroir, et laisse tomber le pain dans la huche...

Les sandalettes de Martine accrochées à une branche basse et la casquette de Louis à une autre, les enfants sont accroupis par terre sous les feuillages discrets de leur observatoire. Louis vient de raconter à Martine sa découverte de la veille et ajoute un détail qui paraît le tracasser :

— Même que Pelo m'a dit que c'était pas très catholique !

— Mais si, c'est normal !... Ma sœur et ma mère aussi elles ont ça ! Même que pour moi ça devrait pas tarder... C'est Solange qui me l'a dit...

Prenant soudain conscience qu'en plus de la différence d'âge Martine partage naturellement avec les grandes personnes de son sexe des secrets essentiels qui pour lui demeurent mystérieux, impressionné, Louis la regarde sous un jour différent :

— A quoi ça sert ?

— Oh ! la ! la ! c'est compliqué !... C'est un truc pour savoir si on attend un bébé... Normalement, une fois par mois: crac!... si ça descend c'est qui y en a pas... et si ça descend pas... eh ben,t'es bonne!...

Louis perçoit immédiatement les conséquences de cette révélation, mais pourtant il a du mal à y croire:

— Alors tu peux faire un bébé par mois avec ça?

Moins sûre de ses informations qu'elle ne veut bien lui laisser croire, Martine élude l'interrogation de Louis:

— Faut croire!...

Louis n'en saura pas davantage aujourd'hui sur les mystères de la procréation, car à cet instant Yvonne sort sur le pas de sa porte et appelle en direction de l'entrée du cimetière:

— Martine! Martine! Viens te laver les pieds! et dépêche-toi, le car va pas nous attendre!...

Dans l'if, Martine ne paraît pas enthousiasmée par la perspective et ne se presse pas d'obéir.

— La barbe!...

— Où tu vas?

Martine répond en remettant ses sandalettes d'un air maussade:

— A Nantes!... Elle veut m'acheter des chaussures de bossue!... Si elle croit que je vais les porter!... Elle ferait mieux de s'acheter un billet de loterie!...

Pour bien signifier le mépris qu'elle a à l'égard des décisions de sa mère, elle exécute un superbe bras d'honneur qu'elle agrémente de l'imitation parfaite d'un pet qui fait rire Louis de bon cœur.

La menuiserie de Pelo est ancienne, comme ses machines, elle est baignée d'une lumière très douce que réchauffent encore les couleurs du bois.

Embourbée jusqu'aux essieux dans un tas de sciure, la charrette de Louis et son attelage ont été abandonnés avec leur chargement de morceaux de bois dans un coin de la « boutique » de Pelo.

Debout, à distance respectueuse, Louis préfère regarder Pelo travailler à la finition d'une grande barque plate, une embarcation de marais qui trône sur des tréteaux au milieu de l'atelier.

Louis est fasciné par les machines qu'entraîne un seul moteur antédiluvien qui, dans une pétarade infernale, fait tourner tout un circuit compliqué de courroies et de pignons ; mais c'est surtout les gestes patients et minutieux de Pelo qui l'intéressent : sa manière de porter l'extrémité de la planche à son œil après chaque passage dans la raboteuse pour en vérifier le chant, cette caresse du plat de la main qu'il ne manque jamais de donner sur le bois... avec un amour évident que Louis traduit à sa manière :

— C'est doux ?

Pelo ne répond pas et Louis repose sa question en criant presque cette fois pour se faire entendre par-dessus le bruit suraigu de la machine.

— Hein ? Est-ce que c'est doux ?

Pelo fait semblant de ne pas avoir entendu, mais en venant poser la planche sur la barque, d'un ton un peu bourru il concède :

— Un peu que c'est doux !...

Emboîtant la pièce de bois à petits coups de maillet, il précise même :

— Comme de la fesse d'ange si on sait y faire !...

Timidement, Louis ose caresser le bois avec le même geste que Pelo et sourit :

— Tu pourras m'apprendre ?

— Oh !... pour ça j'ai pas l'temps !...

Il retourne vers sa machine et prend une nouvelle pièce de bois à travailler mais, s'apercevant de la déception du gosse qui se referme comme une huître, il adoucit sa réponse :

— Commence donc par regarder... t'en sauras déjà la moitié !

Et avec une esquisse de sourire vers Louis, il pousse la planche sur la machine qui vrille des tresses de copeaux blancs dans un hurlement strident.

A ce cri du bois répond là-bas, dans la cour de ferme de Dédé Allaire, celui dérisoire d'un poulet qu'un coup de lame égorge... Ils sont plusieurs dizaines ainsi ficelés par les pattes à une rangée de clous, leurs ailes immaculées déjà inertes ou encore vibrantes déployées contre le mur de la grange éclaboussé de sang.

Ils sont encore bien davantage, spectateurs affolés et stupides du massacre de leurs clones, pressés de tendre leur cou à travers les cageots...

L'exécution de la journée terminée, Marcelle laisse retomber son couteau au bout de la ficelle qui l'attache à sa ceinture et, retroussant ses manches, elle vient se rasseoir dans le cercle des femmes qui, plumant au même rythme les volailles blanches, provoquent une tempête de neige dans la grange.

Une vieille avec le chignon et les moustaches pleins de duvet reprend la conversation sans cesser de dénuder le croupion de son poulet.

— Tu disais qu'elle était obligée de travailler?...

Prenant elle aussi une volaille pour commencer à la plumer, Marcelle reprend le fil de ses confidences:

— Dame!... avec un mari toujours par monts et par vaux pour des places qui changent comme le temps!... C'est pas avec les mandats qu'il oublie d'envoyer qu'elle pourrait l'élever c'te pauvre gosse!... et bientôt deux, sans compter...

— Quel travail qu'elle fait donc?

— ... A Paris... que veux-tu?... la dactylo comme tout le monde!...

Avec un dodelinement consterné de la tête, elle précise son sentiment:

— C'est tout de même malheureux! douée comme elle était...

— Pour quoi donc?

— J'y connais peut-être pas grand-chose,

mais j'ai jamais vu quelqu'un mieux dessiner!... Elle aurait pu faire de la peinture, je suis sûre!...

— Ça!... quand on a des enfants!... Il est comment le petit?

Débarrassée du poulet qu'elle vient de terminer, Marcelle secoue son tablier sur ses genoux avant de répondre:

— Oh ça!... il est bien mignon... mais c'est nerveux comme une fille!...

A cet instant, jovial et rubicond, Dédé Allaire paraît à la porte de la grange et plaisante avec son cheptel de plumeuses:

— Ça va, mes cocottes? On tient la cadence?

Riant, en arrachant à pleines poignées le duvet d'un nouveau poulet, Marcelle répond sur le même ton:

— Chante, beau coq! Qui sait qui te plumera!...

A la menuiserie la journée se termine toujours par le même rituel. Au-dessus de l'établi, un coucou tout de guingois jaillit d'un chalet suisse poussiéreux, une pendule qu'on pourrait croire en panne de toute éternité et qui sonne cinq heures, suspendant le geste de Pelo qui se redresse au-dessus de la barque et se frotte machinalement les mains:

— Bon!... eh ben, ce s'ra tout pour aujourd'hui!...

Louis quitte son tas de sciure et s'approche de la barque, admiratif:

— C'est fini?

— Presque...

Pelo décroche son chapeau et sa veste et, en gagnant la porte, désigne à Louis sa charrette abandonnée sur le tas de sciure :

— Oublie pas ta carriole !

Louis retourne la chercher en courant et hésite :

— J'peux emmener aussi des bouts d'bois ?

— Tant que tu peux !...

Ils sortent, et derrière eux Pelo referme la porte de la menuiserie et met le cadenas. Louis l'attend en couvant le chargement de la charrette qu'il porte dans ses bras comme le saint sacrement. Pelo empoche ses clefs et s'engage sous l'auvent de la scierie, Louis emboîtant son pas d'homme en allongeant le sien et promettant avec toute l'admiration que lui inspire son compagnon :

— Plus tard je serai menuisier !

— Plus tard tu seras moins con que Pelo et c'est tant mieux !... Allez viens... sinon Marcelle va nous faire des histoires !...

Tout naturellement la main de Louis trouve celle de Pelo que ce geste simple achève de conquérir. Il sourit au gamin et celui-ci lui rend son sourire sans retenue, toute trace de méfiance effacée. Ils s'éloignent ainsi tous les deux sur la route, du même pas...

C'est Pelo le premier qui rompt le charme ; en revenant vers le bourg, il s'inquiète sans trop regarder Louis.

— Elle t'a parlé de moi, Marcelle ?

Louis met du temps à répondre et ment un peu.

— Je sais plus...

— Elle t'a pas dit que j'étais un vilain bonhomme ?...

En disant ça, Pelo a lâché la main de Louis et, peut-être à cause de cet abandon, le gamin retrouve son air un peu buté : déjà méfiant, il préfère ne pas répondre... Pelo formule sa question autrement :

— Et toi, qu'est-ce que t'en penses ?... Tu crois que je suis un vilain bonhomme ?

Spontanément, Louis a failli répondre que non, mais il se rétracte aussitôt.

— Je sais pas...

Pelo sourit : il a bien senti le premier mouvement de confiance de Louis, mais il se fait l'avocat du diable :

— Pourtant... c'est à cause de moi que t'as fait des cauchemars... la première nuit !...

Louis ne répond pas, mais son silence équivaut à une approbation.

Alors Pelo reprend la main de l'enfant dans la sienne et confesse gentiment :

— Eh ben, faut plus penser à ça !... tu sais, les enfants... je les connais pas bien... alors au début je suis un peu méfiant... comme toi !...

Cette fois-ci, le sourire de Louis répond à celui de Pelo. Fort de cette nouvelle confiance, Louis s'enhardit même à demander :

— C'est quoi la chtouille ?

Pelo éclate de rire avant de répondre. Les guettant de loin, son filet à provisions et son porte-monnaie à la main, Marcelle les entend rire tous les deux sans comprendre. Une raideur imperceptible traduit sa contrariété et sans doute sa jalousie de deviner la complicité qu'ils partagent maintenant.

D'ailleurs, dès qu'ils approchent, elle ignore délibérément Pelo et regarde Louis avec une inquiétude un peu outrée :

— Tu as goûté au moins ?

Embêté, Louis échange un regard avec Pelo avant de fournir la réponse que Marcelle connaît déjà et qui lui offre le prétexte de s'en prendre maintenant à son mari.

— Tu aurais pu penser à lui emporter quelque chose ! A cet âge-là on les laisse pas le ventre vide !... Tu dois mourir de faim, mon pauvre Louis !

— Non... j'ai bien joué !...

— Ça suffit pas !...

Elle feint d'ignorer le sourire en coin de Pelo et prend la main de Louis, l'agrippe plutôt au poignet, forçant le gamin à lâcher celle de Pelo pour se l'approprier et l'entraîner d'autorité :

— Viens ! J'ai des courses à faire chez Jousse, je vais t'acheter un gâteau...

Pelo les suit un peu vers le bourg, puis bifurque très vite de l'autre côté de la route où, les poings sur les hanches, un compère le regarde venir du seuil de son cellier.

— Le bonsoir, Pelo !...

L'œil déjà allumé, Pelo tape dans la main tendue.

— Je crois bien que ta cave est sur mon chemin, Victor !...

— C'est la bonne route ! Entre donc !...

Plus loin, là-bas, Marcelle se retourne pour voir entrer Pelo chez Victor, et le commentaire aurait suivi si au même instant ils n'avaient croisé la petite vieille toute noire que Louis connaît déjà pour l'avoir vue dans le car. Marcelle la salue machinalement sans s'arrêter.

— Bonsoir, Rose.

Mais Louis se retourne immédiatement sur un détail qui l'a frappé : la vieille femme trottine avec à la main un petit seau de tôle rouge et blanc qui contient une pelle et un râteau d'enfant.

— Y a une plage ici ?

Marcelle répond sans se retourner, comme si l'incongruité qui vient d'attirer l'attention du gamin lui était familière.

— Non, la pauvre Lubie !... c'est au cimetière qu'elle va... c'est sa marotte !...

Louis se retourne pour voir la petite vieille entrer dans le cimetière avec son seau de plage ; il est de plus en plus intrigué.

— Elle est folle ?

Marcelle hoche la tête et répond avec soudainement un voile de tristesse dans le regard et dans la voix, comme si le drame de la vieille femme la touchait bien au-delà de la sympathie :

— C'est le chagrin qui a pris toute la place dans sa tête...

Les traits de Marcelle s'étant durcis, fermés, immédiatement après cette confidence, Louis n'ose plus poser de questions et la suit vers le bourg...

Comme tous les soirs, Louis a maintenant pris l'habitude de pisser dans l'œil du bon Dieu...

... et Marcelle se charge aussitôt de ranger le pot de chambre dans la table de nuit jusqu'au lendemain matin, le geste machinal étant toujours accompagné de la même formule :

— Allez ! Tout l'monde au lit maintenant !

Louis se glisse dans les draps tandis qu'elle vient le border avant de s'asseoir au bord du lit :

— Bonsoir, mon Pilou !...

Elle lui dépose deux baisers sonores sur les joues et reste un instant penchée au-dessus de lui :

— Y penscs-tu, des fois, qu'en ce moment, ou peut-être demain, ton petit frère pourrait bien frapper à la porte ?

Cette idée semble ravir beaucoup plus Marcelle que Louis qui se contente de corriger :

— Peut-être que ce s'ra une fille...

— Qu'est-ce que tu voudrais, toi ? Un petit frère ou une petite sœur ?

— Ça m'est égal...

— T'as bien raison !... de toute façon, c'est le bon Dieu qui décide !...

Elle s'est levée et gagne la porte, mais Louis la retient en questionnant avec gravité :

— Est-ce que ça fait mal quand y sort le bébé ?

Marcelle marque un temps avant de répondre et, quand elle le fait, c'est sur un ton trop léger, un peu factice :

— T'inquiète pas, va! Le deuxième ça passe comme une lettre à la poste!...

Sur le dernier mot de sa phrase, on entend frapper au rez-de-chaussée, et par la fenêtre ouverte on entend la voix d'Hippolyte qui appelle :

— Marcelle ?... Y a quelqu'un dans la maison ?...

Marcelle se redresse et quitte le lit pour gagner la fenêtre en prenant son air le plus revêche : elle a visiblement compris le message et se penche sur la rue pour demander sèchement, avant même d'avoir aperçu le fossoyeur qui tangue, trop ivre pour tenir debout sans s'appuyer à la façade :

— Je suis là ! Qu'est-ce que tu veux ?

En relevant la tête vers elle, Hippolyte manque de chavirer en arrière mais retrouve l'équilibre dans un grand geste de salutation.

— Moi, rien !... C'est pour Pelo...

— Ça va ! J'ai compris. Il est où ?

Hippolyte rigole, la bouche ouverte jusqu'aux oreilles sur ses chicots noirs :

— Dame !... il a pas pu aller plus loin que la fontaine !... J'ai bien essayé... mais il est trop lourd !...

Marcelle hausse les épaules et grimace de dégoût :

— Trop saoul, oui ! Toi, rentre donc chez toi avant de tomber devant ma porte !...

Elle quitte le rebord de la fenêtre, disparaît à l'intérieur de la chambre tandis qu'en bas Hippolyte se risque à faire demi-tour en répétant :

— Il est lourd, ce cochon !...

Marcelle le sait qu'il est lourd quand il est dans cet état-là. C'est avec une brouette qu'elle va chercher Pelo. Raide de dignité bafouée, les dents soudées de haine, elle traverse le village la tête haute, imperméable aux regards qui pourraient la voir du pas d'une porte ou l'observer à l'abri d'un rideau.

Pelo est là, sur la place de l'Eglise, affalé contre les pierres de la fontaine, éructant un rire mauvais quand il la voit venir, puis s'attendrissant, narquois :

— Tu m'aimes donc encore !... que tu te déranges, ma belle !

Mais la belle est blindée. Les lèvres pincées et les yeux durs, Marcelle pose la brouette à côté de Pelo, attrape la tête de l'ivrogne par les cheveux et la bascule sous la pompe qu'elle actionne avec la dernière énergie. Pelo gueule sous l'eau froide avant de déclamer avec un rire de damné :

— Je me disais aussi !... La bonne âme !... C'est par charité qu'elle vient au secours du poivrot !...

Il s'accroche à elle tandis qu'elle essaie de le remettre debout, il essaie de l'embrasser de force alors qu'elle veut le pousser sur la brouette et gueule encore, méchamment, prenant du geste le village à témoin :

— Même pas !... C'est que t'as honte, hein !... C'est ça ! elle a honte !...

Il se laisse tomber sur la brouette et rigole pendant que Marcelle soulève les brancards et se met à la pousser avec une force rageuse :

— Elle a honte et pas moi !...

Il se marre encore, la tête ballottée en arrière et les pieds traînant sur la route.

Revenant du Port-Sinan à vélo, le curé arrive à leur hauteur, ralentit et s'arrête, navré :

— Veux-tu un coup de main, Marcelle ?

Mais Marcelle continue d'avancer sans fléchir et décline l'invitation sèchement :

— Vous occupez pas ! ça ira !...

Pelo réagit avec un temps de retard et gesticule :

— Mais si ! Mais si ! aide-la, curé !

Hochant la tête, le curé est remonté sur son vélo et continue sa route vers la cure, provoquant la fureur de Pelo.

— Le salaud ! Il t'aide pas ! Je suis lourd, pourtant ! hein ? Il est lourd, Pelo !

Il renverse la tête en arrière pour tenter de l'apercevoir, puis se met à rire face au ciel qu'il invective brusquement d'une voix de stentor, chargée de haine et d'émotion brisée à la fois :

— AIDE-LA, TOI !

Des larmes retenues plein les yeux, Marcelle accélère le pas en gardant sa maison en point de mire tandis que Pelo raille à nouveau :

— Ben non ! tu vois... çui-là non plus y t'aide pas !... Y nous ont bénis, pourtant, hein ! Pour le meilleur et pour le pire !... et après : pffuit ! plus personne ! Démerde-toi, Marcelle !

De son lit, Louis l'a entendu gueuler. Il s'est levé et, pieds nus, il s'est approché de la fenêtre. Soulevant le rideau maintenant, il les regarde venir sur la route et, comme la fenêtre n'est fermée qu'à l'espagnolette, il entend distinctement la voix avinée de Pelo qui ne désarme pas :

— Remarque... le pire on l'a eu !... Hein ? On peut dire qu'on l'a eu, nom de Dieu !...

De son poste d'observation, Louis voit Marcelle poser la brouette et son chargement devant la porte et enfin tenter de relever Pelo qui manque de la faire tomber en essayant de l'attirer à lui en ricanant :

— Allons-y pour le meilleur, bordel ! Allez hop ! Un petit coup dans la brouette ! Bien fait, comme dans l'temps !... Je suis juste assez bourré !...

Insensible au quart d'heure sentimental de Pelo, Marcelle réussit à s'en défaire et, dans un dernier effort, à soulever la brouette pour basculer son chargement à terre...

Sans la voir à cause du rebord de la fenêtre, Louis entend alors Marcelle qui crache enfin toute sa haine :

— Tu crèveras donc pas dans ta vinasse, sale bête !...

Louis entend encore la porte de la maison s'ouvrir puis se refermer violemment. Alors, très vite, il regagne son lit, tire le drap sur lui et guette le pas de Marcelle dans l'escalier.

Le visage défait, la respiration courte, saccadée, qu'elle tente de calmer en appuyant la main contre sa poitrine, Marcelle s'arrête sur la dernière marche de l'escalier et regarde la porte de la chambre de Louis comme si c'était seulement maintenant qu'elle reprenait conscience de son existence et qu'elle redoutait soudain qu'il ait pu entendre quelque chose.

Pour s'en assurer, elle vient jusqu'à la porte qu'elle entrouvre avec précaution.

Immobile, la tête tournée vers la fenêtre, Louis paraît dormir. Rassurée, Marcelle referme doucement la porte avant de gagner sa chambre.

En bas, dans la salle commune, la porte explose presque sous les coups de boutoir que lui donne Pelo d'une épaule. Il fait un pas à l'intérieur puis s'arrête, reste debout, titubant, ombre menaçante se détachant sur la lueur de la lune qui brille dehors. Il reprend son souffle et murmure à l'adresse du plafond :

— Salope !... je t'aurai, va !

Alors brusquement il lance tout son corps en avant et tente d'atteindre l'escalier d'une traite, repoussant avec ses jambes les chaises alignées contre le mur. Les chaises qui lui font perdre l'équilibre et le font s'effondrer sur les premières marches dans un vacarme énorme...

Au premier étage, déjà en chemise de nuit, Marcelle était sur le point de se coucher, mais elle change d'intention en localisant immédiatement les bruits qui montent du rez-de-chaussée et retourne à sa porte qu'elle ferme à double tour avant de regagner son lit.

Blême de rage, elle maltraite le remontoir du réveil en grinçant entre ses dents :

— Il a qu'à cuver sur le parterre !...

Après une gifle violente à son oreiller, elle

éteint la lumière et s'allonge en tournant le dos à la porte.

En bas, Pelo se dépêtre des chaises en grognant et se redresse en prenant appui sur la première marche de l'escalier. En tombant, il a dû heurter violemment quelque chose et se déchirer le cuir chevelu : le sang pisse et lui barbouille la figure et la main qu'il vient d'y passer. Il le regarde qui poisse dans ses doigts et ricane :

— Putain ! Ça c'est du rouge !...

Le choc a dû le dessaouler partiellement car maintenant c'est presque facilement qu'il se relève et s'accroche à la rampe en narguant la maison comme si les meubles et Marcelle ne faisaient qu'un seul ennemi à défier et à soumettre.

— C'est pas tes pièges à la con... qui vont m'empêcher de t'avoir, nom de Dieu !...

Arc-bouté entre la rampe et le mur, il entreprend l'ascension de l'escalier avec maintenant un masque de détermination haineuse auquel le sang qui lui coule dans les yeux donne une expression hallucinante, presque meurtrière.

Le regard dur, fixé sur le papier peint, Marcelle ne bronche pas mais, tendue et attentive, elle suit aux bruits l'ascension de Pelo dans l'escalier, jusqu'à ce que des coups violents viennent ébranler la porte.

Derrière elle, Pelo tambourine du poing, secoue nerveusement la poignée et menace :

— Bourrique !... T'y passeras quand même, va !...

Et puis il se radoucit et supplie presque, le front appuyé contre le battant, sa main caressant le bois :

— Marcelle !... Ouvre, Marcelle !...

Mais Marcelle ne répond pas, elle ne l'entend plus, depuis longtemps.

Alors Pelo se met à hurler derrière la porte, fou de rage et de douleur :

— MARCELLE ! MARCELLE !

Dans son lit, les yeux agrandis de peur, Louis retient sa respiration, tout comme Marcelle qui de l'autre côté de la cloison tend l'oreille et cherche à deviner ce que va faire Pelo, de quoi il est capable...

Sur le palier, Pelo recule, il paraît vouloir prendre de l'élan et tangue dangereusement au-dessus du vide de la cage d'escalier avant de lancer tout le poids de son corps contre la porte de la chambre de Marcelle...

... Il y rebondit mollement, comme une balle de son, et, déséquilibré, s'effondre en même temps qu'une fontaine de faïence ancienne qui se détache de la cloison et explose en morceaux sur le plancher.

Pelo se redresse parmi les éclats de faïence et s'adosse, l'air mauvais, essuyant d'un revers de main le sang qui coule encore jusqu'à sa bouche.

— Saloperie !

Soudain son regard s'éclaire en apercevant parmi les débris épars autour de lui un objet qu'il reconnaît immédiatement. Il se penche avec difficulté et attrape une petite clef qui devait être dissimulée dans la fontaine. Une petite clef qu'il lève à la hauteur de ses yeux et qu'il contemple maintenant avec un drôle de sourire, une grimace inquiétante.

— La voilà donc, celle-là!... Tu tombes bien, toi!...

Il se relève et se détourne de la chambre de Marcelle pour s'avancer vers la troisième porte du palier, cette porte toujours close que Marcelle, en réponse à une question de Louis, avait prétendu n'être que celle d'un grenier sans intérêt...

En tentant d'abord sans résultat d'introduire la clef dans la serrure de cette porte, Pelo ricane encore:

— Je parie bien que tu vas sortir, ma garce!...

Venu enfin à bout de la serrure, il s'appuie aux deux chambranles pour balancer un coup de pied dans la porte qui s'ouvre sur une pièce plongée dans l'obscurité qu'il salue, tonitruant:

— DE L'AIR! DE L'AIR! ÇA PUE LÀ-D'DANS!

Il pénètre dans le noir tandis que, derrière lui, sortie de sa chambre comme une folle, Marcelle apparaît en chemise de nuit et l'interpelle d'une voix blanche de rage:

— Sors de là, Pelo!

Dans le même instant, elle a tourné le commutateur pour éclairer la pièce au milieu de laquelle Pelo se retourne pour lui faire face en se protégeant d'un avant-bras de la lumière trop crue qui inonde ce décor inattendu.

C'est une chambre d'enfant, de nouveau-né plutôt, puisqu'un berceau l'occupe ainsi qu'une chaise haute, un parc à jeu et un mobilier fonctionnel, laqué de bleu pâle, qui, neuf, semble n'avoir jamais servi, pas davantage que les jouets trop bien rangés à l'image de ce cheval à bascule recouvert de poussière.

En s'avançant vers Pelo, Marcelle répète encore :

— Sors de là, Pelo !

Mais Pelo recule en portant un regard narquois sur tout cet univers oublié derrière ses volets clos et ses rideaux tirés ; en retroussant ses manches d'un geste provocateur, il nargue Marcelle.

— Y a du boulot pour foutre en l'air tout ça !...

— Pelo !

Elle se jette sur lui et tente de s'interposer alors qu'il s'approche du berceau mais, avec une force retrouvée, Pelo la repousse si violemment qu'elle tombe et roule sur le plancher...

Déjà Pelo s'est emparé du berceau qu'il soulève à pleins bras pour le fracasser contre le mur.

Marcelle hurle en se relevant :

— ARRÊTE, PELO !

De son lit, Louis entend ses cris, les bruits de fracas et de lutte, les supplications de Marcelle. Il replie son avant-bras sur ses yeux et se met à pleurer doucement.

Marcelle a dû garder suffisamment de lucidité pour penser à la présence de Louis car elle vient de fermer la porte donnant sur le palier avant de se jeter à nouveau sur Pelo qu'elle agrippe de toutes ses forces pendant qu'il démolit la chaise d'enfant avec un acharnement de dément.

— Je t'en supplie, Pelo ! Arrête ! ARRÊTE !

Mais Pelo la repousse encore d'un coup violent et continue son entreprise de démolition systématique en vociférant.

— A la casse, le musée ! Du vent, les reliques ! Bordel de merde ! DE L'AIR !

De toutes ses forces, il lance le cheval à bascule dans la fenêtre dont les vitres explosent.

— T'as pas le droit ! T'as pas le droit ! SALAUD ! SALAUD !

Meurtrie, défigurée de haine et de sanglots irrépressibles, elle s'accroche encore à lui et le martèle de coups désespérés dont il se moque en lui ricanant dans la figure.

— J'ai le droit, t'entends ! J'ai le droit de casser c'que j'ai fait !... comme un con !

Le sang de Pelo les salit tous les deux, ils luttent encore un instant corps à corps avant de se déséquilibrer ensemble et de tomber lourdement sur le plancher jonché de débris et de pantins aux sourires dessinés.

Prisonnière du poids de Pelo qui la recouvre à moitié, Marcelle tente de se dégager mais Pelo la plaque au sol et lui emprisonne les poignets pour mieux la maintenir sous lui.

— J'te tiens maint'nant ! J'te tiens bien, ma garce !

Marcelle se débat vainement et renonce pour le mettre au défi, souffle contre souffle, haine contre haine.

— Eh ben, vas-y! Vas-y! J'y tiens pas tant que ça à la vie que tu m'as faite!

Pelo ricane:

— T'aimerais bien, hein!... T'aimerais bien que j'te serre le cou!... Mais c'est pas ça que j'veux!...

D'un geste brutal, il déchire la chemise de nuit de Marcelle et cherche à prendre sa bouche de force. Elle se débat, hurle et puis, vaincue, renonce et le laisse faire en sanglotant.

Terrorisé en entendant les cris de Marcelle, imaginant que Pelo était en train de la tuer, Louis aurait voulu s'enfuir, mais tout le temps qu'a duré leur folie il est resté paralysé sous ses couvertures; et maintenant que le silence est retombé sur la maison, il reste ainsi sans bouger, les yeux noyés de larmes.

Il ne bouge pas davantage lorsque la porte de sa chambre s'ouvre. Il n'ose même pas tourner la tête pour regarder. Il retient sa respiration.

C'est Marcelle qui vient d'entrer, chancelante, le visage défait, encore choquée et pitoyable.

Elle doit passer ses mains sur son visage, dans ses cheveux, avant de pouvoir réagir et de refermer la porte derrière elle.

En l'entendant s'approcher de son lit, Louis ferme les yeux de toutes ses forces et garde une immobilité totale... qui trompe Marcelle, penchée sur lui.

Un peu rassurée, elle regagne la porte, mais c'est pour la fermer à clef.

La clef qu'elle retire de la serrure et qu'elle garde dans ses mains en s'asseyant dans un fauteuil près de la porte. Comme pour y monter la garde.

Elle reste ainsi immobile, les mains jointes sur ses genoux, le regard fixé sur la tache blanche du drap d'où émerge l'épi des cheveux toujours rebelles de Louis.

Gardant une immobilité totale, Louis l'écoute pleurer et se tait.

Le lendemain, il fait grand soleil dans le jardin. C'est jour de lessive et Marcelle a installé la lessiveuse sur un trépied au-dessus d'un feu de sarments. Toutes manches retroussées, armée d'un manche à balai, elle brasse longtemps l'eau savonneuse qui bouillonne doucement.

Le soleil au plus haut de l'après-midi conjugué à la vapeur de la marmite, Marcelle dégouline de sueur sous son galurin de paille et résiste à peine à la somnolence qu'entretient le mouvement régulier qu'elle imprime à son bâton...

En slip de bain et sandales, accroupi sur ses talons au milieu de l'allée, la peau de ses omoplates rosissant déjà, Louis titille un perce-oreille avec un brin de paille et l'empêche de s'échapper.

— Reste donc pas en plein soleil à attraper du mal, toi !...

Absorbé par son jeu cruel, Louis ne bronche pas et Marcelle insiste :

— T'entends, Louis ? Rentre à l'ombre et va te prendre un verre d'eau sur l'évier !...

De mauvaise grâce, Louis se lève, et comme le perce-oreille en profite pour filer il l'écrase d'un coup de talon.

— J'y vais...

Il traverse la cour en traînant les pieds, rentre dans la cuisine sans s'arrêter devant l'évier et ressort par le devant de la maison pour s'asseoir sur les marches...

Du côté du Port-Sinan comme du côté du bourg, la route est déserte sous le soleil. Louis reprend sa paille et commence à traquer les fourmis qui courent sur les marches...

— Tu viens ?

Louis lève la tête : Martine est debout devant lui, les jambes bronzées jusqu'aux pieds qu'elle a nus, les mains dans les poches de sa robe à bretelles.

Louis la trouve jolie et sourit.

— Où ça ?

De son menton pointu, Martine désigne l'if à l'entrée du cimetière :

— Dans l'observatoire ! On s'ra à l'ombre...

Louis abandonne ses fourmis et la suit en questionnant :

— T'as pas tes chaussures de bossue ?

— Tu parles ! Je les planque dès que je sors de la maison !

Comme ils s'approchent de leur arbre, la « Lubie » sort du cimetière et s'en retourne vers le village de son pas de métronome, balançant son éternel seau de plage à bout de bras.

Louis s'est arrêté pour la regarder, de nouveau intrigué :

— Qu'est-ce qu'elle va faire tout l'temps au cimetière avec ses outils ?

— Gratter le ventre de son mari !... tu veux l'voir ?

— Pour quoi faire ?

Martine gagne déjà la grille du cimetière.

— Pa'ce que ! C'est marrant de voir les morts en photo !... Tu viens ?

Mais Louis hésite à suivre Martine dans le cimetière, à cause de sa tenue...

— Je peux pas y aller comme ça !...

Martine hausse les épaules, prend Louis par le bras et l'entraîne :

— Idiot ! Personne te verra !

Dans l'allée du cimetière, Martine et Louis s'approchent de la tombe aux géraniums ; Louis est à moitié rassuré, et Martine doit le reprendre par la main pour l'emmener à côté de la croix sur laquelle elle désigne du doigt le chromo ovale du défunt, incrusté dans le granite.

— Regarde... Il est rigolo avec sa moustache ! On dirait un président de la République !...

Impressionné, Louis recule d'un pas.

— Comment qu'il est mort ?

— Oh !... c'est d'avant la guerre !... Il s'est noyé avec son fils dans la Loire ! Mais y a que lui qu'on a ramené ici... c'est pour ça qu'elle va tout le temps au Pellerin... Y paraît qu'elle reste toute la journée à guetter la drague !... Comme si on pouvait encore repêcher l'autre dans le sable !...

— C'est pour se baigner qu'il est allé sur la Loire ?

— Que t'es bête ! Ils pêchaient à la lanterne... Dans la nuit y a un remorqueur qui les a pas vus, et schlaff ! Il a pété la barque en deux !...

— Et y z'ont coulé ?

Grimpant sur la tombe et jouant les équilibristes sur les rebords sans toucher les graviers, Martine confirme avec un luxe de détails :

— Evidemment !... Lui ils l'ont retrouvé trois jours après... et pour des civelles, il en a eu !... Ça lui sortait par les trous de nez et même par les yeux !... Ça bouffe tout, les civelles !...

Au bord de la nausée, le regard incapable de se détacher de celui, figé, du mort, Louis questionne pourtant :

— C'est quoi des civelles ?

— Que t'es bête ! C'est des alevins d'anguilles !... C'est comme des asticots blancs avec deux p'tits yeux noirs... C'est vachement bon à la vinaigrette ! Tu veux goûter ?

Louis décline l'offre avec une grimace de dégoût.

— Alors là ! Sûrement pas !

— Bon. Comme tu veux !...

Mais, marchant vers la sortie du cimetière, elle propose, l'air de rien :

— Viens voir quand même, je vais juste t'en montrer...

Pas vraiment convaincu de la nécessité d'aller voir les civelles, Louis se résigne quand même à suivre Martine...

Comme chaque samedi, sa porte ouverte sur la cuisine, la salle à manger d'Yvonne est transformée en salon de coiffure. Dans un fauteuil, la tête congestionnée sous le casque-séchoir, une paysanne regarde Yvonne s'activer sur la permanente d'une autre cliente.

Martine entraînant Louis, les enfants entrent dans la cuisine et passent le plus discrètement possible devant la porte du salon... Levant le nez au-dessus de la tête pleine de bigoudis, Yvonne prend les devants :

— Qu'est-ce que tu viens greniger dans le frigo, toi ?

A la porte du frigo, sortant une grande boîte de plastique bleu, Martine rassure sa mère :

— Rien ! Je montre les civelles à Louis !

Et soulevant le couvercle de la boîte, elle en met le contenu sous le nez de celui-ci qui recule instinctivement.

— Tiens, regarde ! Elles bougent encore ! C'est increvable, ces bêtes-là !...

Louis apprécie modérément la leçon de choses et recule encore après son coup d'œil rapide.

— Ça y est. J'les ai vues !...

— Mais non, t'as rien vu ! Viens voir ! Elles vont pas te sauter dans la figure !...

Et pour preuve de sa bonne foi, elle pose la

boîte sur la table avant d'agripper Louis pour l'obliger à s'approcher.

— Regarde, j'te dis !...

Louis se penche prudemment sur la masse blanchâtre et grouillante...

— T'as vu leurs yeux ?

— Oui, oui ! J'les ai vus !

Mais, plongeant la main dans la boîte, Martine en ressort une pleine poignée de civelles qu'elle lui met sous le nez.

— Mais non ! On peut les voir que de tout près, regarde ! C'est rigolo !...

Alors, très vite, la main libre de Martine saisit le maillot de bain de Louis à sa ceinture et de l'autre elle vide sa poignée de civelles dans le slip.

Louis hurle en sautant comme un diable et tente d'échapper à son bourreau qui lui barbouille le reste de civelles dans le cou en éclatant de rire.

Malgré sa terreur, Louis trouve le courage de plonger la main dans son slip et d'en retirer la plus grosse partie qu'il rejette à la figure de Martine, laquelle les esquive en courant autour de la table.

— Salope ! Salope !

Du salon-coiffure, Yvonne crie après sa fille :

— C'est pas bientôt fini ce raffut ? Qu'est-ce que tu lui as fait, Martine ?

Riant encore de voir Louis sortir en courant de la maison et se sauver chez Marcelle, Martine répond à sa mère en remettant le couvercle sur la boîte :

— Rien, maman ! C'est Louis qu'a eu peur des civelles !

Tenant encore l'élastique de son maillot de bain écarté de son ventre qu'il rentre en faisant saillir ses côtes, courant comme s'il avait fait dans sa culotte, Louis sort de la maison et traverse la cour en appelant désespérément à travers ses larmes :

— Marcelle ! Marcelle !

Arrivé près du puits et trouvant la lessiveuse désertée par Marcelle, trop paniqué pour l'apercevoir tout au fond du jardin à étendre ses draps, Louis tourne en rond et appelle encore, la voix étouffée de sanglots :

— Marcelle !...

Enfin, à bout de ressources et de désespoir, il finit par s'arrêter et par baisser son slip pour retirer avec précaution et dégoût les civelles qui lui collent encore à la peau.

Alors, écartant la haie qui sépare le jardin de Marcelle de celui d'Yvonne, Martine passe la tête et éclate de rire en scandant :

— Je l'ai vue, ta civelle !... Je l'ai vue, ta civelle !...

Ce soir-là, comme d'habitude, Marcelle et Louis ont dîné sans attendre que Pelo remonte du bourg. Lassée de sa journée, Marcelle traîne à table, au bord de la somnolence, tandis que Louis s'est dépêché de retourner lire les aventures de Gédéon que Marcelle lui a dégotées dans une malle.

Comme la porte et la fenêtre sont restées ouvertes dans l'espoir d'un peu de fraîcheur, ils entendent ensemble le pas de Pelo sur les graviers, et Louis l'annonce avant même qu'il n'apparaisse à la porte :

— C'est Pelo !

Très vite, Marcelle se lève de la table et va s'asseoir devant sa machine à coudre à l'instant où Pelo entre en disant exprès :

— Les femmes et les enfants d'abord ! Me v'là !...

En remettant sa machine en marche, Marcelle jette juste un regard par-dessus ses lunettes pour voir s'il n'est pas encore saoul... Mais Pelo passe tout droit, sans tituber, pour aller à la cuisine. Louis rebaisse le nez sur ses images pour éviter le regard de Marcelle, peut-être à cause du souvenir de la nuit précédente ou comme s'il avait honte pour Pelo.

Très vite il relève la tête car une voiture passe en trombe devant la maison. Marcelle aussi s'est arrêtée de coudre pour la voir, et, revenant de la cuisine avec une côtelette froide dans une assiette, un bocal de cornichons et un verre renversé sur le goulot de sa bouteille, Pelo demande :

— C'est pas le Dr Gauthier qui galope au Port-Sinan, ça ?

— C'était une Frégate !

Pelo choisit de s'asseoir à côté de Louis qui maintenant n'a plus peur de le voir sortir son couteau de sa poche pour couper le pain avec des gestes d'ogre.

— Ça sent la charogne !

Marcelle ne pipe pas mot, mais brusquement elle bloque la roue de sa Singer pour dire à Louis :

— Viens donc t'asseoir sur les marches, il fait plus frais dehors...

En traînant les pieds, Louis quitte sa chaise et va s'asseoir sur le pas de la porte en emportant son livre...

Mais la diversion de Marcelle n'empêche pas Pelo d'aller jusqu'au bout de son raisonnement. En mangeant sa côtelette et son pain sur le pouce, il ricane...

— Si le curé passe derrière... je suis bon pour un cercueil demain !...

La prédiction de Pelo se vérifie très vite, Louis annonçant en se retournant :

— Le v'là !

Déjà, la soutane relevée à mi-mollets, le curé passe à vélo devant la porte et la fenêtre pour disparaître en direction du Port-Sinan. Marcelle s'est signée rapidement et Pelo rigole en croquant ses cornichons.

— Tiens ! Qu'est-ce que j' disais !...

A son tour, mais suivant l'itinéraire inverse, Hippolyte s'inscrit dans la fenêtre et salue l'intérieur de la maison.

— Bonsoir, la compagnie !

Comme le fossoyeur emporte sur son épaule sa pelle et sa pioche, Marcelle plisse les yeux et remarque sans tendresse :

— C'est donc que tu les enterres avant qu'y soient morts maintenant !

Trop content de l'occasion de prendre son temps, Hippolyte s'arrête pour répondre :

— Dame ! J'ai vu passer le curé qui filait le train au docteur ! Autant creuser à la fraîche !...

Il lève le nez pour regarder les étoiles qui commencent à clignoter dans un ciel encore clair et prédit :

— Demain ça va taper comme aujourd'hui !

— Sûr !... Rentre donc boire un coup avant d'avoir soif !...

Hippolyte hésite un instant et, sans doute à cause du souvenir de la veille, il évite de regarder Marcelle en répondant :

— C'est bien pour te faire plaisir !...

Il a déjà posé ses outils près de la porte, et Louis se lève pour le laisser entrer. Pelo revient du buffet avec un deuxième verre, ravi d'avoir trouvé un prétexte pour trinquer.

— Assieds-toi...

Pendant que l'autre s'installe, il remplit largement les verres en faisant allusion à ce qui se prépare :

— Moi, ça attendra demain pour le costard en sapin... déjà qu'y m'en doivent deux du Port-Sinan !... Si ça continue je vais leur mettre de l'Isorel !

En trinquant, ils rigolent tous les deux.

— Garces de bonnes sœurs !...

Hippolyte se contente d'acquiescer à cause de Marcelle dont le regard jaloux suit Louis qui revient s'asseoir à la table avec les hommes.

— C'est qui qui va mourir ?

— Une vieille dame...

— Pourquoi elle va mourir ?

— Elle est très vieille...

Pour Hippolyte, et surtout pour Louis, Pelo corrige la réponse de Marcelle en ricanant.

— Mon œil, oui ! Si on l'avait laissée dans sa maison avec ses chats, la Pauline, elle voyait le premier de l'an comme je te vois !... C'est les cornettes qui lui ont fait prendre le raccourci !... Et qui c'est qui va hériter de la maison ? Hein ?

Lâchant son ourlet et retirant les épingles de sa bouche, Marcelle jette un regard à Hippolyte qui paie les pots cassés.

— Hippolyte, il a son travail à faire... Ça tombe vite ! J'y vois déjà presque plus rien...

Le fossoyeur a compris et se lève à regret sous l'œil goguenard de Pelo.

— Bon, ben... faut que j'y aille avant qu'y fasse noir !...

Pour accentuer les regrets d'Hippolyte, Pelo remplit à nouveau son verre, seulement son verre.

— C'est ça !... Va donc...

— Bonsoir, la compagnie !

Quand Hippolyte repasse la porte, Marcelle lui sourit en sachant que c'est Pelo qui la regarde.

— Bonsoir, Hippolyte...

Et comme Louis gagne la porte pour regarder partir le fossoyeur, elle pose son ouvrage et se lève :

— C'est l'heure d'aller au lit, toi ! Je vais te monter le pot...

— Laisse-le donc tranquille avec ton pot ! Faut bien qu'il apprenne à pisser comme un homme !... Allez, viens, toi !...

Evitant le regard de Marcelle, Louis se laisse prendre la main par Pelo et traverse la route jusqu'au fossé le long du mur du cimetière... devant lequel ils se plantent tous les deux côte à côte.

En se déboutonnant, Pelo promet à Louis :

— Si t'arrives à toucher le mur, c'est que t'es bon pour aller voir les filles !...

Louis rigole, mais Marcelle ne s'avoue pas vaincue, et du pas de la porte elle prévient :

— T'approche pas du fossé, Louis ! C'est plein de vipères contre les murs chauds !...

L'envie coupée, Louis recule en levant des yeux ronds sur Pelo.

— C'est vrai ?

— Pisse tranquille, va ! C'est de l'autre côté qu'elle est, la vipère !...

Pas rassuré quand même, Louis s'applique à essayer d'atteindre le mur du cimetière que, pour son compte, Pelo arrose copieusement... Marcelle disparaît à l'intérieur de la maison, et Louis est un peu déçu de sa performance.

— J'y étais presque !

Pelo le console en se reboutonnant.

— Ça s'ra pour plus tard, va ! Te presse pas...

Derrière le mur du cimetière, ils entendent Hippolyte cracher dans ses mains avant de prendre le manche de sa pioche.

Le lendemain, de bonne heure, malgré le contentieux qui l'oppose à l'hospice du Port-Sinan, Pelo s'est mis à confectionner le cercueil de Pauline Prin, décédée dans la nuit comme il l'avait prédit.

Le placard aux accessoires de Pelo recèle un choix limité de crucifix et de poignées : les dorés à gauche, et les argentés à droite.

Avant de décrocher les deux paires de poignées et la croix, Pelo se retourne et questionne :

— Qu'est-ce qu'on lui met à la Pauline ? Des jaunes ou des blanches ?

A genoux dans le cercueil de sapin qui sèche son vernis sur des tréteaux, Louis répond sans hésiter :

— Des en or !

— Allons-y pour des en or !

Pelo revient avec les accessoires et, de son cercueil, Louis tend les mains pour vérifier :

— C'est du vrai or ?

Pelo garde les poignées et concède le crucifix à Louis en confirmant avec des yeux candides :

— Ben tiens ! Tu te sauves avec mes poignées et tu peux vivre en Amérique comme le roi du pétrole !...

Il va prendre son tournevis sur son établi pendant que Louis inspecte le crucifix sous tous les angles et gratte de l'ongle les plaies du Christ avant de donner son avis avec le sérieux d'un expert à qui on ne la fait pas :

— C'est pas de l'or ! c'est du béton !

Pelo rigole en revenant :

— Du laiton seulement !... Le béton c'est pas mon rayon...

Il commence à visser les poignées du cercueil, et Louis se penche par-dessus le bord pour le regarder faire. Après avoir réfléchi, Louis s'inquiète :

— Pourquoi y a plein de morts ici à Rouans ?

Accroupi pour visser ses poignées, Pelo lève le nez et regarde drôlement Louis avant de répondre :

— Oh, y en a pas plus qu'ailleurs !... Seulement à Paris on les escamote !... On n'a pas le temps de faire attention !... Faut pas que le métro s'arrête, tu comprends !... Boulot, boulot !... Tandis qu'ici, les gens... ils ont tout le temps de vivre et de voir partir les autres avant eux...

Il change d'emplacement et Louis se retourne dans le cercueil pour suivre le discours et vérifier que les vis ne ressortent pas à l'intérieur.

Pelo continue son cours de philosophie rurale :

— Ils se font à l'idée tout doucement... et le grand jour... quand on les met au trou, eh ben... ils connaissent celui qui l'a creusé, et puis ceux qui y a autour !... Ça les rassure, tu comprends...

Louis acquiesce mais se pose des questions :
— Y sont pas fâchés contre Hippolyte ?
Pelo change de place pour visser une nouvelle poignée et s'amuse des réflexions du gamin :
— Au contraire ! Avec la pièce y s'ront sûrs qu'on les mettra pas à côté de n'importe qui ! Des fois qu'après ce serait comme avant, c'est mieux de pas enterrer l'amant à côté du cocu !... Et puis, Hippolyte... faudra bien qu'il y passe aussi !...
Sa démonstration est parfaitement logique aux yeux de Louis qui ne peut s'empêcher pourtant d'avouer :
— Moi, ça me fait peur le cimetière...
— Eh ben, faut pas !... C'est mieux que les clapiers comme on fait maintenant !... Ici au moins... même avec la terre sur le ventre on a la place de respirer !...
Cette dernière remarque intrigue Louis qui inspecte le cercueil avant de questionner :
— Tu vas faire des trous dedans pour respirer ?
— Ah non ! Ça c'est pas prévu...
Sa dernière poignée terminée, il rempoche son tournevis, va chercher le couvercle du cercueil qui attend debout contre l'établi et le ramène à bout de bras en menaçant :
— Ote-toi de là, sinon je t'enferme dedans !...
Louis pousse un cri strident et saute de la boîte comme un diable. Pelo referme le couvercle en éclatant de rire...

Maintenant qu'il s'est familiarisé avec l'univers de Marcelle et de Pelo, de la maison et du jardin, Louis se sent plus libre d'y circuler à sa guise. L'endroit qui l'attire le plus régulièrement, c'est la cour derrière la maison, là où se trouvent les cabanes à lapins. Quelquefois il y passe des heures à dialoguer avec ses habitants aux longues oreilles, à leur raconter mille choses essentielles ou sans importance, à leur confier ses inquiétudes et ses espoirs.

Quand il est sûr d'échapper à la vigilance de Marcelle, il se risque même à ouvrir la porte d'un clapier et à prendre un lapin dans ses bras pour le caresser.

Sa préférence va toujours à une lapine blanche tachetée de roux dont il caresse le ventre lourd avec précaution :

— Toi aussi, tu vas les faire bientôt tes petits, hein !... Est-ce que t'as peur, toi ?

Arrivant sans bruit dans le dos de Louis, Martine se moque de lui :

— Tu parles !... Elle fait que ça !

Louis sursaute, découvre Martine et s'écarte, déjà méfiant.

— Va-t'en !

— C'était pour rire, les civelles !... Tu viens jouer ?

Par précaution, Louis remet la lapine à l'abri dans son clapier et, rancunier, dédaigne l'offre d'armistice de Martine avec mépris :

— Je jouerai pas avec une fille !

Il lui tourne le dos et passe dans le jardin. Peu sensible aux arguments sexistes, Martine le suit et parie le contraire.

— Tu s'ras bien obligé !... C'est moi qui te garde cet après-midi... Marcelle, elle va à l'enterrement.

Ils disparaissent dans le jardin, et Martine déclare encore, sûre d'elle :

— Tiens, j'vais te montrer un truc rigolo si tu veux !...

— Je veux pas !

— Alors ça, ça m'étonnerait si j'te dis c'que c'est !...

Elle a dû se montrer convaincante, car quelques instants plus tard ils traversent tous les deux la route en courant et gagnent l'entrée du cimetière dans lequel ils pénètrent à pas de loup...

Sur les gravillons de l'allée, les pieds nus de Martine s'approchent et montent sur le cadre de madriers qui entoure la fosse fraîchement creusée, bientôt rejoints par les sandalettes de Louis.

Un doigt sur les lèvres, Martine invite Louis à se pencher sur le trou.

Au fond, les brodequins au soleil et la tête à l'ombre, Hippolyte s'est réservé le seul endroit frais du cimetière pour faire sa sieste. Sa veste roulée en oreiller et son litre de rouge calé dans un coin, il ronfle, la bouche ouverte sous la visière de sa casquette...

Martine pousse Louis du coude et s'approche tout doucement du monticule de terre sablonneuse où Hippolyte a planté sa pelle...

Alors, très vite, elle s'empare du manche de l'outil et le tire comme un levier... provoquant une avalanche qui dégringole sur la tête du fossoyeur réveillé en sursaut.

— Nom de Dieu !

Martine et Louis détalent déjà comme des lapins entre les tombes...

La tête jaillissant de la fosse, crachant du sable, Hippolyte a juste le temps de les apercevoir avant qu'ils n'atteignent les grilles du cimetière ; il peste en secouant sa casquette.

— Fi d'garces !... pour un peu c'était mon tour !...

Alors, comme pour lui remettre les idées en place, les cloches de l'église sonnent lourdement la fin de la messe des morts.

Le grand portail ouvert sur l'ombre de l'église, la Pauline prend le chemin de sa dernière demeure simplement, sur les épaules de quatre hommes du bourg qui portent le cercueil.

De leur observatoire à l'entrée du cimetière, Martine et Louis guettent l'arrivée du cortège qui s'avance, enfants de chœur et curé en tête. Quand le cercueil passe à la hauteur de leurs yeux, à voix basse Louis ne peut s'empêcher de faire étalage de ses connaissances nouvellement acquises.

— C'est du laiton, les poignées...

— Je sais ! Ma mère a les mêmes à sa commode...

Ils se taisent pour observer Marcelle qui passe derrière trois bonnes sœurs et quelques vieux de la maison de retraite. Le cortège avance lentement vers le fond du cimetière où Hippolyte attend. Il a remis sa veste mais gardé sa casquette à la main. Baissant les yeux sur le trou à l'approche du cortège, il constate brusquement un oubli de taille!... et enjambe très vite les planches pour descendre dans la fosse et en ressortir précipitamment avec son litre de rouge.

Arrivé trop vite, le curé fusille du regard le malheureux fossoyeur qui improvise et planque honteusement sa réserve sous un madrier.

Les enfants assistent de loin à l'enterrement, et comme Martine en a vu d'autres et se lasse, elle se lance dans l'une de ces histoires macabres dont elle a le secret:

— Il est pas terrible çui-là!... Une fois on a enterré un gars de Messan qui s'était fait couper la tête!...

— A la guillotine?

— Bien mieux! Il roulait en moto derrière un camion qu'a perdu une tôle!...

Elle fait un geste du tranchant de la main sur son cou et l'agrémente d'une onomatopée imagée:

— ZOUIIP!... Y paraît qu'il est resté accroché au guidon et qu'il a doublé le camion!... Même que le chauffeur est tombé dans les pommes!...

— Menteuse! C'est pas possible!...

— Mais si! Comme un canard!... Couic!...

— J'te crois pas!

Bonne fille, Martine convient de l'exagération.

— D'accord!... Mais n'empêche que pour les civelles, c'était vrai!...

De l'autre côté du mur du cimetière, en éternel peignoir de satinette, Yvonne sort de chez elle et s'avance sur la route pour appeler :

— Martine ! Rapplique ici ! Y a ton père au téléphone !...

Pour une fois Martine dévale de son perchoir sans se faire prier et bouscule déjà les premiers de ceux qui, la cérémonie terminée, quittent le cimetière.

Resté seul dans l'observatoire, Louis remarque tout de suite que Marcelle n'est pas partie avec les autres et que, tandis qu'Hippolyte jette ses premières pelletées de terre sur le cercueil, elle se dirige vers un autre endroit du cimetière, le long du mur, juste en face de sa maison...

Là-bas, elle s'arrête devant une tombe que Louis ne distingue pas et devant laquelle elle reste immobile un bon moment... avant de repartir vers la sortie.

Quand elle franchit les grilles et passe tout près de l'if où il est dissimulé, Louis a le temps de voir à travers les feuillages que Marcelle a pleuré et qu'elle s'essuie les yeux avant de rentrer chez elle.

A son tour, Louis s'avance vers le fond du cimetière et s'approche du mur contre lequel sont alignées des tombes beaucoup plus petites que les autres, presque toutes nues, certaines marquées seulement d'un monticule et d'une simple croix de bois.

Louis découvre très vite celle devant laquelle Marcelle s'est arrêtée — un cadre et une croix blanche à demi noyés dans les herbes folles et les fleurs sauvages avec un nom et une seule date :

Jean-Pierre LUCAS
— 1949 —

Bouleversé, Louis redresse la tête et regarde la façade de la maison et ses fenêtres noyées dans la vigne vierge. Cettc maison dont il connaît maintenant le secret. Il se sauve en courant à travers les tombes. Il court encore sur la route jusqu'à la maison avec le désir de rattraper Marcelle et de lui sauter au cou pour la consoler, et peut-être pour lui demander pardon... Il ne cesse de courir en passant dans la cuisine, et entend la voix de Marcelle qui résonne dans la cour :

— Reconnais-le, au moins !.. Tu tournicotes ! Tu finasses !... T'es là comme une grosse araignée à préparer ton coup !...

Pour distinguer à qui Marcelle s'en prend ainsi, Louis s'approche du rideau de plastique qui voile la porte ouverte donnant dans la cour arrière ; un léger courant d'air agitant les lanières multicolores, il aperçoit par intermittence Pelo occupé à distribuer l'herbe aux lapins dans les clapiers et Marcelle toujours en noir qui lui tourne autour nerveusement en continuant son réquisitoire.

— J' te connais trop pour pas te deviner, va !...

— Tu divagues, ma pauvre Marcelle !...

— C'est ça ! Crie donc sur les toits que je deviens folle !... Ça t'arrangerait bien !...

Refusant brusquement d'en entendre davantage, Pelo laisse tomber son fourrage et, sans se préoccuper de refermer les clapiers, il fait un mouvement vers le jardin dont Marcelle lui condamne immédiatement l'accès en se mettant en travers de sa route :

— Ah non ! Tu vas m'écouter ! C'est trop facile de se défiler !...

Sentant bien qu'elle est prête à le poursuivre de sa rage jusqu'au bourg s'il le faut, Pelo se résigne à l'écouter, immobile face à elle, se faisant plus lourd que jamais et réfutant par avance ses arguments :

— Je la connais, ta musique !...

— Pardi !...

Puis, s'approchant tout près de lui, elle lève la tête pour chercher un regard qui ne se dérobe pas.

— Avoue-le ! Du jour où t'as compris qu'il s'attachait, tu as tout fait pour l'éloigner de moi, cet enfant !...

— Tu en parles comme si t'étais sa mère !...

— Je connais Claire depuis toujours ! Louis c'est comme si...

— Tu vas trop au cimetière !

D'où il est, Louis a vu Marcelle vaciller et blêmir sous le coup... Sans attendre qu'elle retrouve son sang-froid et réagisse, Pelo revient vers la maison en ajoutant :

— Le gamin est vivant, lui... bien vivant !...

En le voyant venir, Louis recule précipitamment dans la cuisine mais, avant d'en franchir le rideau, Pelo s'arrête sur le pas de la porte et lance encore à Marcelle :

— Autre chose ! Tu ferais bien de le laisser tranquille avec tes bondieuseries !... Si j'en crois tes ragots, il est même pas baptisé le gamin!...

»... Dimanche, je l'emmène à la pêche!

Il lui tourne brusquement le dos et revient vers la maison, Louis ayant juste le temps de se sauver et de se cacher derrière l'escalier de la salle commune. Pelo passe en claquant la porte derrière lui et disparaît sur la route...

Timidement, Louis sort de sa cachette et hésite devant la porte de la cuisine derrière laquelle il entend claquer les talons de Marcelle qui revient de la cour.

Le visage sans expression, comme indifférente, elle se débarrasse de son sac et de son fichu noirs avant d'enfiler par-dessus sa robe un tablier qu'elle noue rapidement dans son dos. Avec un geste brusque elle attrape une bourriche de légumes sur une étagère et s'assoit à la table en prenant son couteau.

Alors seulement elle laisse aller son émotion, elle pleure sans retenue, avec une espèce de rage sourde, en commençant à éplucher les pommes de terre.

Poussant timidement la porte, Louis entre dans la cuisine et s'approche dans son dos pour demander d'une voix toute petite et très douce :

— Y t'a fait de la peine, Pelo ?

— Lui ? Ah non, alors ! Il peut tout me faire !... Il m'a tout fait d'ailleurs !... Mais la peine, ça !... Y a longtemps qu'elle est bue !...

Elle a dit ça d'une seule traite, en malmenant ses pommes de terre et en tentant de masquer ses larmes à Louis qui pourtant ne s'y trompe pas.

— Tu pleures ?

— Qu'est-ce que tu racontes, toi ? Je pleure pas ! Je mouche !...

— Je vois bien que tu pleures...

Marcelle s'essuie les yeux d'un revers de bras et rit pitoyablement :

— Tu vois rien du tout !... J'allais éplucher les oignons et rien que d'y penser je mouche ! C'est tout !

Comme pour avaliser son mensonge, à retardement elle prend un oignon dans la bourriche et se met à le déchiqueter plus qu'à l'éplucher en parlant durement à Louis :

— Allons, file donc dehors ! C'est pas la peine qu'on soit deux à renifler !...

Malheureux, Louis obéit et sort en lui jetant un dernier regard. Marcelle l'entend qui traverse la cour et qui va dans le jardin. Maintenant seule, elle peut donner libre cours à son chagrin et s'effondrer sur la table pour pleurer tout son saoul, la tête enfouie dans les bras.

Comme Pelo l'avait annoncé à Marcelle dans un mouvement de colère, ce dimanche matin il a réveillé Louis de bonne heure et l'a équipé d'un matériel de pêche avant de l'emmener avec lui. Le gamin ne s'est pas fait prier, trop heureux d'échapper ainsi à la messe dominicale, même s'il a un peu honte de trahir Marcelle.

En bas du bourg, il y a un chemin étroit qui

longe la Chnaux et qui, au fur et à mesure que la rivière s'éloigne du village, s'enfonce dans une forêt de joncs et de roseaux qui annoncent la proximité des marais...

C'est de là que doit venir l'étrange créature que Pelo et Louis croisent en partant pour la pêche...

Marie la grenouille est un personnage effectivement extraordinaire : sur un corps monstrueux d'énormité dont toutes les formes sont gommées par une accumulation de hardes invraisemblables, la tête est à peine visible, chapeautée de surcroît d'une espèce de crinoline de paille, et, nouée par-dessus — malgré la canicule —, une écharpe de tricot mauve. Avec une seule mèche de cheveux filasse qui descend jusqu'au menton comme un germe douteux, le visage ressemble à une pomme de terre mal lavée portant encore des traces de glaise brunes.

Les mains dans des mitaines de laine, elle pousse à côté d'elle un vélo antique, totalement rouillé et dépourvu de chaîne comme de pneus, qui ne lui sert qu'à s'appuyer et à transporter son attirail de pêche. Une pêche dont la nature échappera d'abord à Louis, mais qui remplit deux sacs de jute humides et lourds qui pendent de chaque côté du cadre du vélo et qui semblent vivre encore...

En voyant s'avancer ainsi cet épouvantail et sa machine fantomatique, Louis se met prudemment sous la protection de Pelo qui pourtant salue l'apparition très aimablement :

— ... Bonjour, Marie!... la pêche a été bonne?

Marie s'arrête et souffle comme un phoque:

— Y en a trop!... et dame!... avec des cuisses plus grosses que celles de ton loupiot!...

Et, toisant Louis, pétrifié, elle ajoute:

— Tu le cachais donc, celui-là, qu'il a grandi comme un roseau?

En répondant à côté, Pelo élude une conversation qui risque de s'éterniser dans le malentendu:

— On se dépêche, j'ai appâté du côté de la Mouette!...

— Va donc, mon gars!...

Laissant Marie à son vélo, Pelo et Louis s'enfoncent à leur tour dans les marais...

Regardant encore en arrière, Louis questionne:

— C'est une clocharde?

— Oh, que non!... elle doit dormir sur un matelas de millions, Marie la grenouille!... depuis cinquante ans qu'elle vend ses bestioles aux restaurants et jusqu'à Nantes!...

— Ça se mange, les grenouilles?

— Les cuisses seulement... et c'est fameux!

Après cet intermède, Louis revient à un détail qui l'a frappé tout à l'heure.

— Elle a cru que t'étais mon père?

Pelo hausse les épaules.

— Elle radote un peu, tu sais!... à vivre toute seule dans les marais...

Après une demi-heure de navigation sur les canaux qui permettent la circulation dans le marais, Pelo a jeté l'ancre de sa barque au milieu d'une sorte de petit bayou où l'on ne distingue plus très bien le cours paresseux de la rivière des eaux étales du marais.

Avec un sérieux imperturbable, Louis fixe la petite tache rouge de son bouchon perdu au milieu des liserons d'eau, tandis que Pelo boit une dernière gorgée de vin blanc avant de remettre la bouteille au frais dans le vivier en compagnie des tanches et des gardons.

— On n'est pas mieux ici qu'à la messe ?

— Si ! drôlement mieux !...

Il a souri jusqu'aux oreilles en répondant, et ce cri du cœur ravit Pelo qui trouve là — s'il en avait besoin — une occasion d'assouvir un de ses péchés mignons : la dérision anticléricale et blasphématoire...

— T'es comme moi, toi, hein ! T'y crois pas beaucoup à leurs guignolades de curetons !...

Tandis que Pelo redescend le vivier au bout de sa ficelle, Louis réfléchit et corrige un peu le jugement à l'emporte-pièce de son compagnon :

— Le paradis c'est bien quand même... si on est mort...

— C'est pas dit !

D'un geste généreux, Pelo embrasse le paysage alentour et le village lointain dont on ne distingue plus que les toits bleus tapis derrière les roseaux :

— Imagine un peu tout le bourg de Rouans en vacances là-haut !... Tout le monde au pain sec et à l'eau !... Tous des anges ! Ni gars ni garces : plus de quéquettes !... A se demander de quel bord il est le grand Charlot, entre parenthèses !...

Louis rigole sans vraiment tout comprendre du discours de Pelo, mais l'allusion à la quéquette et à Charlot suffit à le faire rire. Ainsi encouragé, et le vin blanc aidant, Pelo donne alors toute sa mesure dans le panégyrique démoniaque, apparemment sans craindre de déchaîner les foudres d'un ciel, il est vrai, parfaitement pur et serein.

— A choisir, je préfère l'enfer sur la terre !... et même dessous, tiens !... Chez le cornu, je suis bien sûr qu'on peut péter et roter à son aise !... et même se prendre la cuite à volonté !...

» Le muscadet à bord du *Vénus* c'est tout d'même autre chose que de sautiller en jupette dans le coton hydrophile, non ?

Subjugué par l'avalanche d'images à son goût hilarantes que Pelo offre en pâture à son imagination, Louis lui est acquis d'avance... Alors Pelo termine son plaidoyer dantesque par un clin d'œil salace aux félicités promises :

— Et puis, crois-moi !... Les plus belles bougresses c'est chez le vieux bouc qu'on les trouve !... Celles avec des gros tétons, les gourmandes !... Elles te mangent la santé, mais au moins tu t'emmerdes pas !...

Puis, brusquement, face à Louis qui gobe ses gros mots comme du petit-lait, Pelo s'arrête, comme s'il venait de prendre conscience d'avoir poussé le bouchon un peu loin.

— Enfin tout ça !... Ça fait pas mordre le poisson !...

Retirant sa ligne de l'eau, sans malice, Louis émet une hypothèse :

— Tout à l'heure, t'avais dit de pas parler... c'est peut-être pour ça !...

— T'as raison !... J'ouvre un peu trop ma grande gueule des fois !... Viens ! On va changer de coin...

Ils se lèvent pour aller prendre les rames.

La barque glisse maintenant au fil de l'eau. Pelo a assis le gamin entre ses jambes pour lui donner le plaisir de ramer avec lui. Ainsi, à quatre mains, ils manœuvrent l'embarcation avec une lenteur régulière, le cours paisible de la rivière n'étant troublé que d'un frisson à la surface de l'eau.

Mais Louis ne reste jamais très longtemps sans poser de questions, généralement après ces instants suspendus où son imagination ne cesse de l'interroger :

— Tu voudrais qu'elle soit comme ça, Marcelle ?...

Pelo ne comprend pas tout de suite, il a perdu le fil.

— Comme ça quoi ?...

— Eh ben, comme les gourmandes que tu disais tout à l'heure !...

Pelo met du temps à répondre, et quand il le fait, c'est avec un sourire plus triste que narquois :

— Elle était comme ça !... C'est ça le pire... Tu sais...

Il met ses mains sur celles de Louis pour continuer à ramer, mais plus doucement encore...

— Marcelle... quand on s'est connus tous les deux... on aimait bien rigoler! Ça je peux te le dire!... On faisait tous les bals jusqu'au Pellerin!... Et on était les derniers à s'arrêter!... Après, quand on revenait avec la camionnette...

— La Citron?

— La Citron, oui!... Elle était toute neuve!... Eh ben, au retour... souvent ça pressait trop... Alors on s'arrêtait au bord de la route...

Louis rigole, ravi d'avoir compris.

— Pour s'embrasser!

— Pour s'embrasser, oui!... et puis, dame!... de fil en aiguille... ça finissait dans les pâquerettes... ou sous la bâche quand y pleuvait!...

Il a presque ri à l'évocation de ces souvenirs, alors que Louis trouve ça un peu dégoûtant.

— Tu l'embrassais par terre?

— Tu verras!... Les foins par-dessous et les étoiles au-dessus de la tête, c'est encore le mieux pour trouver que le monde est joli!...

Pelo se tait et, comme pour chasser des émotions que Louis a réveillées, il se remet à forcer sur les rames... Mais Louis ne laisse pas longtemps le silence s'installer et très brutalement il questionne:

— Comment qu'il est mort, Jean-Pierre?

Presque aussi brutalement, Pelo lâche les rames et attrape Louis par les épaules.

— C'est Marcelle qui t'en a parlé?

Sous le regard dur de Pelo, Louis regrette déjà sa question et se dépêche d'affirmer :

— Non !... Je l'ai vue y aller après l'enterrement !...

— Eh ben, comme ça tu sais tout !...

Il a lâché les épaules de Louis, et son mouvement d'humeur retombe tout de suite. C'est de lui-même qu'il en dit plus que ne cherche à en savoir l'enfant, comme si finalement cela le soulageait de crever l'abcès :

— Il devait naître presque en même temps que toi, tu sais... Marcelle voulait même que ta mère soit la marraine... je la connaissais pas, ta maman, elle devait venir...

Avec cet art du raccourci propre aux enfants, Louis abrège et conclut logiquement :

— Et il est pas né !...

Pelo n'a pas repris les rames, et maintenant la barque dérive doucement.

— Tu sais, quelquefois... ça se passe mal, un accouchement... Le Dr Gauthier était pas encore installé, y avait qu'un vieux toubib à Saint-Père... et chez moi j'avais toujours vu ma mère faire ça à la maison... On n'allait pas à la clinique dans ce temps-là !...

Le récit de Pelo est assez décousu, il semble d'ailleurs parler davantage pour lui-même que pour le gosse... qui comprend pourtant l'essentiel.

— Alors il est mort...

— C'était ça... ou c'était Marcelle qui restait sur le carreau...

— C'est pour ça qu'elle est tout l'temps fâchée avec toi ?

— Ça et le reste... C'est pas simple les histoires de grandes personnes!...

Comme s'il ne voulait pas s'attendrir davantage, Pelo reprend les rames en même temps que sa physionomie et son verbe de misanthrope bourru :

— Allez ! ça suffira pour aujourd'hui, la partie de pêche!... et puis faut pas qu'on rate l'arrivée du Tour de France, hein !...

Ils sont revenus tout doucement vers le village, sans parler, Louis couvant avec fierté le fruit de leur pêche emprisonné dans le vivier. C'est avec la même fierté qu'en arrivant à la maison il se précipite pour montrer à Marcelle ses trophées : deux belles tanches et trois gardons plus modestes.

— Marcelle ! Regarde ! Moi j'en ai pêché deux ! Mais c'est Pelo qu'a pris les plus gros !...

Encore dans la robe qu'elle met seulement pour aller à la messe, cette messe où ce matin Louis ne l'a pas accompagnée, Marcelle pose sa couture et repousse le gamin et ses prises.

— Eh ben, comptez pas sur moi pour vider votre poissonnerie !...

— T'aimes pas ça ?

Sans même répondre à Louis, déconcerté et déçu, Marcelle reprend sa couture et ajoute à l'intention de Pelo qui, lui, ne s'étonne pas de la froideur de l'accueil :

— C'est pas la peine de prendre Louis demain ! Yvonne peut le garder...

Pelo a compris. Prenant les épaules de Louis

gentiment, il l'entraîne vers la cuisine en proposant :

— Viens, va!... on va s'en occuper, de notre pêche miraculeuse...

Dans leur dos Marcelle relève la tête et les fixe d'un regard farouche.

Contrairement à celui de Marcelle, le jardin d'Yvonne est en friche, les seules fleurs qu'on y trouve sont les marguerites qui parsèment l'herbe haute. Il n'y a guère que les vieux pommiers qui donnent encore quelque chose, et c'est à l'ombre de ceux-là que Louis et Martine ont élu domicile.

Contre le tronc du plus gros, avec quatre piquets, un drap troué et quelques pierres, ils ont construit une cabane approximative. Son confort amélioré d'une couverture en guise de tapis de sol, l'édifice est encombré d'une dînette, d'ustensiles hétéroclites destinés à préparer un menu exclusivement composé de pommes vertes que Martine, perchée dans le pommier, cueille et passe à Louis qui les attend le nez en l'air.

Louis a dû raconter sa découverte au cimetière et les confidences de Pelo, mais Martine n'est pas épatée pour autant.

— Il t'a pas tout dit, Pelo!... Après, Marcelle elle a été malade à en crever!... Y paraît que la bonne sœur des piqûres elle venait trois fois par jour!... Mais quand elle a guéri... après pour Pelo c'était tintin!... Elle voulait plus!...

Je le sais parce que j'ai entendu ma mère qui l'a raconté à Solange...

— Elle voulait plus quoi ?

— Qu'il est bête !...

— Tu viendras pas te plaindre d'attraper mal au ventre ! Elles sont vertes, ces pommes !...

Ni l'un ni l'autre n'avaient entendu approcher la jeune fille et, de surprise, Louis laisse tomber son butin de pommes, déjà prêt à décamper alors que de son perchoir Martine réplique à sa sœur du tac au tac :

— Et toi tu viendras pas te plaindre d'attraper le ballon ! Je sais où tu vas !...

Solange s'éloigne en haussant les épaules.

Martine saute à pieds joints du pommier et se relève en regardant sa sœur passer sous la barrière au fond du jardin et s'éloigner sur le chemin.

— Elle peut pas cafter, sinon je lui rends sa monnaie !...

— Où elle va ?

Martine rigole avec un air entendu.

— Aux champignons !

— De toute façon, on en a assez !

Il ramasse ses pommes et vient les ajouter à celles déjà entreposées dans la cabane. Martine le rejoint et s'accroupit devant la dînette en retroussant sans pudeur sa robe sur ses jambes écartées. Louis détourne son regard sur les pommes qu'il s'applique à partager en deux tas :

— On n'arrivera jamais à tout manger...

Martine a déjà commencé et, mordant à

pleines dents la plus grosse pomme, elle regarde Louis par en dessous et sourit en prenant son air malin :

— Dis donc, mon cochon !... pourquoi tu regardes toujours ma culotte ?

Outré, Louis arrondit les yeux mais rougit en protestant :

— Je regarde pas ! C'est toi qui la montres tout l'temps !

— Menteur ! J'ai bien vu quand j'étais dans le pommier ! Dis plutôt que ça t'intéresse ! Je parie que t'as jamais vu la zézette des filles !

— Si, j'ai déjà vu !

Il s'est presque mis en colère et, bousculant les gamelles de la dînette, il sort de la cabane, aussitôt rejoint par Martine qui le fait bisquer :

— Alors là, ça m'étonnerait !... Moi, si tu veux, je te montre...

— La tienne ?

Martine se relève, outrée.

— Et pis quoi encore !

Mais tout de suite, l'œil allumé et la mine gourmande, elle tend la main à Louis et propose :

— Viens, tu vas voir... c'est gratuit !...

Elle a pris Louis par la main et l'entraîne au fond du jardin où ils franchissent la barrière avant d'emprunter le même chemin que Solange tout à l'heure.

— Mais tu promets de le dire à personne !...

Arrivés en bas du chemin, les enfants s'approchent, avec des ruses de Sioux, d'une grange un peu délabrée, mais dont les deux battants de la porte en façade sont fermés et condamnés avec une chaîne et un cadenas.

Avec les mimiques appropriées, Martine commande à Louis de ne pas faire de bruit et de la suivre pour contourner la grange. Ils arrivent ainsi derrière le bâtiment contre lequel est dressée une échelle qui permet d'accéder à une petite porte ouverte dans le pignon et que surplombent encore la potence et la poulie qui devaient servir à monter les récoltes au grenier.

Martine fait signe à Louis de retirer ses sandalettes et, passant la première, elle commence à grimper à l'échelle.

A l'intérieur de la grange, le plancher du grenier encore parsemé de foin ne couvre que la moitié du rez-de-chaussée, et les enfants s'approchent du bord à quatre pattes puis à plat ventre avant de passer la tête.

Solange et son permissionnaire sont allongés à demi nus dans les restes d'une meule de foin qu'ils ont étalée comme un nid. Simon a son visage enfoui entre les cuisses de la jeune fille et, les bras tendus, de ses mains, il lui malaxe les seins.

Sous ses caresses, Solange se cambre, s'ouvre davantage et bascule la tête par à-coups en poussant des petits cris étouffés qui ressemblent à la plainte des chiens qui rêvent en dormant. C'est du moins ce que pense Louis, qui regarde, fasciné.

Martine sourit à le regarder avant de revenir

à sa contemplation. Maintenant, le visage de Simon remonte lentement le long du ventre qui s'offre, s'arrête sur les seins qu'il tète comme un enfant, et enfin le corps de l'homme s'allonge complètement sur elle qui pousse un cri plus fort et l'entoure de ses bras.

Là-haut, Louis veut partir, mais Martine le retient et l'oblige à regarder encore.

D'abord le couple s'agite doucement, et puis l'homme se met à accélérer son mouvement, ses fesses blanches allant et venant de plus en plus vite, ce qui donne envie de rire à Louis que Martine arrête en lui plaquant sa main sur la bouche.

La plainte régulière de Solange s'enfle alors en cris rauques incontrôlés.

Martine et Louis en ont assez vu, ils refont en sens inverse le chemin pour sortir de la grange en retenant tant bien que mal le fou rire qui les gagne et qu'ils ne laissent exploser qu'en redescendant de l'échelle.

Martine courant à reculons et Louis à cloche-pied avec une sandalette à la main, ils s'éloignent de la grange en remontant cette fois par le chemin qui longe le mur de l'école des bonnes sœurs.

Jugeant qu'ils sont maintenant assez loin, Louis s'arrête pour remettre sa sandalette.

— Alors ? Tu comprends maintenant c'qu'elle veut plus faire avec Pelo, Marcelle ?

Encore rouge d'avoir couru et d'avoir retenu son souffle alors qu'ils espionnaient Solange et son petit ami, Louis reste tout de même perplexe.

— Pourquoi qu'elle se laisse faire, Solange, si ça lui fait mal aussi ?

Martine éclate de rire devant autant de candeur.

— Que t'es cruche ! Ça lui fait pas mal ! Au contraire ! Ça la chatouille tellement qu'elle en peut plus !

Alors qu'ils débouchent du chemin sur la place, juste à l'angle de l'école des bonnes sœurs, et au moment où le vieux curé en sort en ouvrant son bréviaire, Martine qui lui tourne le dos se met à imiter sa sœur en se tortillant et en gloussant, la tête et les yeux chavirés :

— Ah ! Ah ! Aaah !!! OUIIII ! OUIIII !!!

Arrivant à leur hauteur, le curé fronce les sourcils au-dessus de son bréviaire :

— J'ai l'impression que tu ferais bien de venir à confesse, toi !...

Totalement surprise, Martine manque d'en tomber à la renverse tandis qu'au passage le curé glisse aussi un reproche à Louis :

— Et toi, Louis ? Pourquoi donc n'es-tu pas venu à la messe, hier ?

— C'est Pelo qui m'a emmené à la pêche !...

Il a répondu ça sans malice, tout simplement parce que c'était la vérité, et pourtant Louis jurerait que les yeux du curé ont pétillé d'envie de rire, malgré le ton sévère sur lequel il ajoute maintenant :

— C'est pas en pêchant le gardon que tu sauveras ton âme !... Je compte sur toi dimanche prochain !...

Sans attendre la réponse de Louis qui

acquiesçait pourtant, il s'éloigne alors que Martine siffle entre ses dents :

— Merde ! Je l'avais pas vu çui-là !

Dans le dos du curé, elle remonte vivement sa robe jusqu'au menton et se cambre d'un coup de reins très significatif en tirant la langue pour faire bonne mesure.

Intuition ou vieille habitude de professeur de catéchisme, le curé se retourne, surprend le geste et menace, en écho, à Martine :

— Mais Dieu te voit, lui !...

Cette fois-ci, Louis et Martine décampent tandis que le vieux curé s'en retourne vers sa cure en souriant malgré lui.

Martine et Louis n'ont pas couru très loin, ils se sont arrêtés à la fontaine en face de l'église. Tandis que Martine renverse la tête pour boire à plus soif, Louis actionne la pompe avec un air préoccupé :

— T'y crois qu'on a une âme, toi ?...

Martine rigole en s'aspergeant toute la figure pour faire bonne mesure :

— Tu parles ! C'est des blagues !...

Elle jette de l'eau à Louis et crâne en défiant l'église :

— De toute façon, moi, je m'en fous ! Je suis bouddhiste !...

D'un brusque mouvement elle se retourne en balançant sa jambe en l'air pour une savate approximative suivie de deux manchettes de karaté en direction du monument.

— TCHAC ! TCHOUNG ! DZOUIINGG ! MERDE !

La dernière exclamation n'était pas prévue dans la démonstration : en voulant terminer ses mouvements par une garde bien appuyée sur sa jambe plantée en avant, Martine vient de s'enfoncer un gravillon plus pointu que les autres dans la plante de son pied nu qu'elle se tient maintenant à deux mains en sautant sur place sur une jambe.

Louis éclate alors d'un fou rire libérateur et, plié en deux, pointant un doigt sur le ciel il s'esclaffe :

— C'est Dieu ! Il t'a vue ! Il t'a vue !

Il en rit aux larmes de la voir grimacer en frottant le dessous de son pied et crier :

— Ah, la vache ! Saloperie !

Louis suffoque de rire en l'imitant :

— Il t'a vue ! Et schlaff !

— Arrête !...

Furieuse, elle repose son pied par terre et claudique en provoquant le ciel bleu et son hypothétique locataire :

— D'abord il a rien à dire ! J'y vais au moins une fois par semaine à l'église !... Je monte au ciel quand je veux, moi !... Tu m'crois pas ?

— Non !

Il a du mal à s'arrêter de rire et Martine se vexe :

— Eh ben, chiche ! si t'as pas le vertige, j'te le prouve !...

Elle tend sa main et Louis tape dedans sans une hésitation. Alors, d'un geste, elle l'entraîne vers l'église et tous deux disparaissent sur le côté du monument.

Baignée dans la lumière multicolore de ses vitraux, havre de silence et de fraîcheur, la grande nef de l'église n'est occupée que par la forme ratatinée de sœur Odile, la doyenne du Port-Sinan, abîmée dans ses dévotions sur un prie-Dieu en face de l'autel.

Dans son dos, avec un grincement qu'amplifie la résonance du lieu, la petite porte du grand portail s'entrouvre lentement... et Martine est la première à pointer son museau de furet pour vérifier si la route est libre... Apercevant la bonne sœur et constatant qu'elle n'a même pas relevé sa cornette, elle la considère comme libre.

Mimique et doigt sur les lèvres pour recommander la discrétion à Louis, Martine l'entraîne vers le chœur mais, en passant devant l'orgue monumental et son jeu de tuyaux majestueux, elle ne résiste pas à l'envie d'aller effleurer du bout des doigts les touches du clavier endormi.

A voix basse, elle confie à Louis :

— Des fois, quand y a personne, je joue *Tiens, voilà du boudin* avec deux doigts !...

Louis rigole sans bruit et tend un doigt vers une touche blanche pour essayer, mais Martine retient sa main et de la sienne elle désigne les grands tuyaux argentés en avertissant :

— Touches-y pas !... Ces machins-là ça fait un boucan du diable !... Viens...

Louis suit Martine qui oblique maintenant pour longer la balustrade qui ferme le chœur. Sur la pointe de ses pieds nus, pressée d'échapper à un éventuel sursaut de conscience de sœur Odile, quand elle passe devant l'autel Martine prend tout de même le temps d'un signe de croix et d'une génuflexion rapides. Louis l'imite et se signe approximativement en évitant le regard du Christ, manque de tomber pendant sa génuflexion maladroite et se dépêche de rejoindre Martine en jetant quand même un regard inquiet à la bonne sœur qui n'a pas bronché.

En apportant une chaise qu'elle a prélevée au premier rang, Martine le rassure avec une conviction d'habituée :

— Te bile pas ! Elle roupille comme une moule !...

Démonstration par l'exemple, elle se sert de son escabeau improvisé pour grimper sur le bénitier avec la souplesse d'un chat. Debout sur le rebord de la vasque de pierre, elle en profite pour y tremper un orteil malicieux et goûter la fraîcheur de l'eau bénite sous le regard réprobateur de Louis que le caractère sacrilège de cette expédition rend nerveux.

Elle saute de l'autre côté de la grille et invite Louis à suivre le même parcours.

— Vas-y, à toi...

Plus prudemment, Louis entreprend l'escalade, mais, alors qu'il se dépêche de sauter dans les bras que lui tend Martine, une jambe de son short s'accroche à une pointe de fer de la grille et se déchire avec un craquement sinistre qui résonne dans le silence de l'église.

Là-bas, sur son prie-Dieu, sœur Odile tressaille mais replonge aussitôt dans la béatitude de sa sieste divine.

Martine referme précipitamment la porte de la sacristie et pouffe de rire derrière le battant alors que le pauvre Louis constate, navré, l'étendue des dégâts sur son short déchiré jusqu'à la ceinture :

— Oh ! la ! la ! ma culotte...

Philosophe, Martine minimise :

— Tu parles ! T'as du pot ! Pour un peu tu t'embrochais le derrière !...

Elle tire à elle une petite porte qui s'ouvre sur un escalier de pierre en colimaçon et presse Louis.

— Bon alors, tu viens ?

Louis la suit, encore inquiet :

— Tu crois qu'elle nous a vus, la bonne sœur ?

La réponse de Martine fuse et résonne dans l'escalier de pierre qui conduit en haut du clocher.

— Penses-tu ! Elle ouvre l'œil que pour la soupe !...

L'un après l'autre, ils arrivent en haut de l'escalier et pénètrent dans le clocher.

Guidé par Martine, Louis passe à son tour sous la cloche énorme et ne peut s'empêcher de regarder dessous, impressionné :

— Oh !... elle est drôlement belle, dis donc !

— Ben tiens ! C'est du bronze de Chine !

Martine grimpe maintenant à une petite échelle de bois, et Louis qui la suit a le même regard sous ses jupes que celui qu'il vient d'avoir pour le bourdon de l'église de Rouans...

Ils passent par une petite porte qui s'ouvre

dans le mur en haut de l'échelle et sortent sur une gouttière coincée entre le mur du clocher et un pan de toit. En habituée des lieux, Martine accueille Louis qui cligne des yeux et lui désigne l'arrivée : un aplat de zinc assez vaste qui forme comme un balcon.

— C'est là !... Vas-y, ça risque rien !...

Elle laisse passer Louis et, très vite, derrière lui, elle referme la porte et donne un tour de clef avant de l'empocher.

Alors seulement elle rejoint Louis qui bâille des ronds de chapeau, stupéfait de se retrouver entre ciel et terre et surpris par le vent chaud qui souffle ici... Elle est très fière d'épater Louis.

— Ça t'en bouche un coin, hein ? Mais t'as encore rien vu ! Viens par là...

Elle s'avance jusqu'au bord en prenant Louis par la main... Louis qui reste en arrière et qui regarde en bas prudemment.

— C'est vachement haut...

— Attends ! on a fait que la moitié...

Elle désigne une échelle plate de couvreur qui, plaquée contre les ardoises, monte de la gouttière jusqu'au faîte du toit.

— Le curé a plus de ronds pour finir les réparations, mais y z'ont laissé l'échelle ! On peut aller jusqu'en haut !...

Sentant venir le coup, Louis prend les devants :

— Moi, j'y vais pas !

— Trouillard ! Moi j'ai déjà été jusqu'à la croix !

Elle montre là-haut la grosse croix de granite qui marque le faîte du pignon.

— C'est fastoche! En haut, c'est plat, y a plus qu'à marcher comme un somnambule!...

Déterminé, Louis répète sans quitter son refuge:

— Moi, j'y vais pas! On va s'écrabouiller!

Commençant à grimper les premiers échelons, Martine se moque de lui:

— Mais non! T'as qu'à me suivre... Si une fille peut le faire, tu peux pas te dégonfler!

— C'est normal, toi t'as onze ans!...

S'arrêtant de monter, Martine sort de sa poche la clef de la petite porte et menace sans pitié:

— Si tu viens pas, je redescends par l'autre côté et j'te laisse sur le toit!...

Elle rit et continue à grimper le long du toit...

Partagé entre deux peurs, Louis finit par choisir de ne pas rester seul et par gagner l'échelle avec précaution.

Arrivée en haut de l'échelle, Martine se retourne et s'assied sur le faîte du toit pour regarder Louis qui s'arrête à mi-chemin en grimaçant:

— Qu'est-ce que t'as? Tu vas pas te déballonner!

— J'ai mal au ventre...

— Ça, c'est pas le vertige, c'est les pommes!... Dépêche-toi, sinon tu vas faire dans ta culotte!

Elle rigole en le voyant terminer son ascension plus vite que prévu et l'accueille comme un guide touristique.

— Alors! C'est pas beau la cambrousse vue du Paradis?

Effectivement, d'ici le point de vue est superbe: surplombé de trente mètres, le pays de Retz s'étend à perte de vue, les bois, les vignes et les prairies vallonnées étalant une palette de verts tendres au sud, les marais, le cours paisible de la Chnaux miroitant de tous leurs feux à l'ouest.

Martine tend le bras et précise en désignant un point de l'horizon:

— Par là y a la mer mais on la voit pas...

L'idée que la mer soit si proche plaît à Louis qui en oublie son vertige et demande avec envie:

— T'y as déjà été, toi?

— Une fois... mais y pleuvait comme vache qui pisse!

Pas vraiment enclin à la contemplation bucolique, Louis propose très vite:

— Bon, ben... on redescend?

Mais Martine le retient fermement:

— Te défile pas! On a dit qu'on allait jusqu'à la croix, alors on y va! Regarde! c'est pas dur...

Les deux pans du toit s'appuyant sur l'arête de pierre de la clef de voûte, une rigole large d'une vingtaine de centimètres court effectivement d'une extrémité à l'autre de la toiture, du moignon de clocher jusqu'à la fameuse croix du pignon que Martine désigne comme point de ralliement.

— On se retrouve là-bas!

Avec la souplesse d'un chat, elle s'est rétablie sur l'étroit chemin de pierre et, très droite, elle étend ses bras en balancier et donne une dernière recommandation à Louis, fasciné:

— Tu fais comme moi!... et surtout tu regardes pas en bas, sinon... schlaff!...

Alors, équilibriste fragile, sa robe soulevée par le vent, Martine avance lentement en posant un pied devant l'autre, la croix de granite en point de mire.

Louis ferait bien de suivre le conseil de Martine et de ne pas trop regarder en bas car, revenant de chez Dédé Allaire, Marcelle croise Yvonne sur la place de l'Eglise et s'inquiète:

— Tu les as laissés tout seuls?

— Je cours cinq minutes au magasin d'alimentation, y a pas de danger, ils ont construit une cabane sous les pommiers!...

En se retournant sur Yvonne qui file déjà, Marcelle prédit:

— A boulotter des pommes vertes toute la journée s'il y a pas des coliques ce soir!...

Et, reprenant le chemin de chez elle, elle rit toute seule avec indulgence.

— Ils ont pas perdu de temps pour acoquiner leurs sottises, ces deux-là!...

Si la pauvre Marcelle s'était retournée et avait levé le nez à ce moment-là, elle aurait pu voir confirmer son jugement au-delà de ses espérances.

... A plus de trente mètres de hauteur, minuscules silhouettes aux bras écartelés,

Martine et Louis progressent en plein ciel sur un chemin de croix pas très catholique...

Là-haut, Martine touche au but et franchit les derniers pas en sautant directement sur le socle de la croix à laquelle elle s'accroche... devenant spectatrice du malheureux Louis qui n'en est encore qu'au milieu de son épreuve. Pâle comme un mort, les dents serrées, il avance très lentement face à Martine qui maintenant l'encourage :

— C'est bon ! T'y es presque !...

La gorge sèche, Louis ébauche un sourire pâle et, comme le salut est maintenant proche, il se risque à le précipiter d'une grande enjambée... qui le déséquilibre légèrement... et le crispe immédiatement : bloqué dans cette position, incapable de ramener son autre jambe, il se met à tanguer dangereusement, au bord de la chute.

Le voyant dans cette posture, avec un sang-froid très pratique, Martine s'accroche à la croix, s'avance sur la rigole et lui tend la main en commandant fermement :

— Avance ! Doucement ! Attrape ma main !

Subjugué, Louis obéit et, après deux pas hésitants, réussit à agripper la main de Martine qui le tire en arrière d'un seul coup...

— Eh ben, tu vois ! C'est fastoche !

Accroché à la croix comme un naufragé à sa bouée, Louis acquiesce sans toutefois pouvoir émettre un son, alors que Martine se penche pour regarder en bas et rigoler en pointant le doigt sur deux fourmis qui, sur le chemin de la grange, échangent un dernier baiser :

— Tiens, regarde ! Elle a fini Simon, Solange !... Maintenant elle va rentrer à la maison avec son air de sainte Vierge !...

— J'veux rentrer moi aussi...

— Attends ! D'abord il faut que tu pisses dans la gargouille, sinon ça compte pas !...

— ... Que je pisse où ?

Martine désigne le trou au pied de la croix où aboutit la rigole :

— Là ! et ça coule par la gargouille de l'autre côté... C'est rigolo, comme ça t'arroses en bas.

— D'accord, mais tu regardes pas !

— Juré !... De toute façon, je l'ai déjà vu ton zoziau !...

Chose promise, chose due, Martine se retourne pudiquement et Louis se déboutonne pour pisser dans la gouttière de zinc...

Quittant l'église après avoir consommé sa dévote sieste, sœur Odile lève sa cornette et s'étonne qu'un ciel pareil puisse la gratifier d'une ondée !... Le phénomène semblant provenir d'une gargouille à la tête démoniaque, la bonne sœur se dépêche de se signer et de quitter les lieux... en invoquant le nom du Seigneur :

— Doux Jésus !

Un peu plus tard dans l'après-midi, le retour du héros fut moins glorieux que l'exploit auquel Martine l'avait contraint.

Dans le jardin, en faction devant la porte des cabinets, Marcelle retourne le short de Louis dans tous les sens en tempêtant comme si elle s'adressait à la porte close de l'édicule :

— Si c'est pas malheureux ! Déchirer ses affaires comme ça pour grimper dans les arbres et se rendre malade !...

» Tu n'es pas près de retourner jouer chez Yvonne ! Je te prie de le croire !...

Arrivant dans l'allée dans son dos, les mains dans les poches, Pelo regarde Marcelle, puis le cabanon en rigolant :

— Qu'est-ce qui s'passe ? Tu t'engueules avec les cabinets maintenant ?

Marcelle pointe un doigt accusateur sur la porte des w.-c.

— Y a que Martine l'a bourré de pommes vertes et qu'il se tord les boyaux de coliques depuis une heure !...

— C'est pas la peine de t'égosiller, ça vaut mieux qu'une jambe cassée !...

— C'est ça ! Défends-le maintenant !

Furieuse, elle tourne les talons et s'en va vers la maison en confisquant le short qu'elle empoche dans son tablier. Pelo hausse les épaules et frappe à la porte des cabinets :

— Tu peux sortir, elle est partie...

Il y a alors un bruit de loquet derrière la porte qui s'ouvre finalement sur Louis en slip, un peu penaud...

Pelo lui donne une tape sur les fesses en riant :

— Voilà où ça mène de vouloir épater les filles !... Méfie-toi qu'elles t'entraînent pas à l'église un jour !...

Sur ces considérations hautement prémonitoires quoique déjà vérifiées, Pelo prend la place dans la cabane de bois.

Contraint de rester à la maison après les dérangements intestinaux de la veille, Louis assiste à la séance d'essayage de la nouvelle robe que Marcelle a coupée pour Solange d'après un patron copié sur un magazine.

Sans plus d'attention pour le gamin, qui, à la table, est censé s'intéresser pour la énième fois aux aventures de Gédéon, Solange se déshabille en papotant avec Marcelle qui termine de marquer un ourlet avec des épingles qu'elle retire au fur et à mesure de ses lèvres pincées.

— J'aimerais bien la porter avant que Simon s'en aille, tu comprends...

— T'inquiète pas... tu s'ras belle, va!... Tiens! Passe déjà le bas pour voir...

Tandis que la jeune fille s'exécute, Louis ne peut détacher son regard de ce corps presque nu qui se dessine en mouvements précis et soyeux dans le contre-jour lumineux de la fenêtre... Ce corps dont il a surpris et contemplé hier à son insu la chair offerte et écartelée dans les bras de Simon...

— C'est pas un peu long, là?...

— Faudrait savoir c' que tu veux, ma fille!...

Marcelle met des épingles en bougonnant gentiment.

— Tout ça pour qu'il te la retire sans même y regarder!...

Solange rit et, surprenant le regard de Louis posé sur elle, dans un sursaut de pudeur tardive elle croise les mains sur son soutien-gorge et glisse à Marcelle :

— Il en perd pas une miette, Louis...

— Penses-tu !... A cet âge-là... ça n'a pas de malice !...

Louis a pourtant rougi jusqu'aux oreilles et piqué du nez sur les pages de Gédéon...

Heureusement, le facteur vient faire diversion en arrêtant son vélo devant la maison.

— Du courrier, Marcelle !... Je crois bien que c'est pour le jeune homme !...

Il tend la lettre par la fenêtre en se penchant un peu pour apercevoir Solange qui s'est écartée à son arrivée.

Vérifiant l'enveloppe, Marcelle s'exclame aussitôt :

— C'est Claire ! Louis, c'est maman !

Louis abandonne son livre et se précipite alors que Marcelle remercie le facteur qui s'attarde à reluquer.

— Merci, Raymond !...

— Y a pas d'quoi...

Il disparaît à regret tandis que Louis regarde avec impatience Marcelle qui déchire l'enveloppe et déplie la lettre.

— Ecoute :

« Chère Marcelle, et toi mon Pilou, je vais bien, même si la chaleur orageuse qui dure ici me donne envie que le bébé soit déjà là... »

Marcelle interrompt la lecture de la lettre pour remarquer en aparté :

— Tu m'étonnes ! La pauvre Claire... C'est déjà pas drôle...

— Il est pas né, alors ?

— J'y arrive :
« ... Déjà il bouge beaucoup et plusieurs fois par jour je dois m'allonger à cause des contractions... qui s'arrêtent pour le moment... »
Marcelle s'interrompt encore pour commenter à l'intention de Louis :
— Tu vois ! Il voudrait bien prendre le frais comme il est là, ton petit frère !...
— C'est quoi des contractions ?
— Je t'expliquerai ! Je lis la suite :
« ... je ne peux pas vous écrire plus longuement, je dois sortir acheter les choses qui me manquent encore pour l'hôpital... »
Brusquement inquiet, Louis arrête Marcelle en questionnant :
— Elle va aller à l'hôpital ?
— Mais non ! Elle a voulu dire la maternité... Ecoute donc !
Solange confirme pour rassurer Louis :
— C'est pareil !
Mais le gamin garde un doute et c'est plus gravement qu'il écoute Marcelle reprendre :
— « J'espère que Louis ne te donne pas trop de travail et si... » Ça c'est pour moi, ça !...
Elle parcourt très vite la fin de la page en lisant du bout des lèvres sous le regard interrogateur de Louis, puis elle retourne le feuillet et reprend à haute voix :
— « Je joins à ma lettre une carte postale de papa... »
Le visage de Louis vient de s'illuminer, déjà il tend la main en interrompant Marcelle :
— Fais voir !

— Attends donc ! que je termine...

« ... Je sais qu'il a beaucoup de travail mais qu'il pense aussi très fort à toi mon Pilou et qu'il t'embrasse tendrement comme ta maman qui t'aime. »

Marcelle termine à peine sa lecture que Louis lui prend des mains la carte postale qui émerge des feuillets :

— Fais voir !

Sans regarder la vue de Nice qu'elle reproduit, Louis retourne tout de suite la carte... pour constater aussitôt, toute joie éteinte :

— Y a rien derrière !...

Marcelle reprend la carte, étonnée :

— Comment ça ?

A son tour, elle constate qu'au verso la carte postale est bien vierge du moindre texte et même de signature... Alors, se rendant compte immédiatement que Louis est déjà au bord des larmes, elle improvise en minimisant l'incident :

— Ah ! ben ça alors !... Il a pas dû faire attention ou se tromper de carte, ton père !...

Solange vient à la rescousse et tente d'accréditer la thèse de Marcelle.

— Ça m'est arrivé une fois à Saint-Brévin ! J'en avais posté dix avec les timbres mais sans les adresses ! Alors tu vois...

Mais Louis ne veut rien entendre, balançant entre la colère et l'envie d'éclater en sanglots. Il se bute.

— Elle est pas de papa !

Sentant l'une comme l'autre venir le drame,

Marcelle et Solange rivalisent d'arguments pour essayer de convaincre Louis du contraire :

— Eh ben, de qui donc elle s'rait ? Regarde ! Y a une croix au-dessus de l'hôtel, là : *le Majestic*...

— C'est vrai ! C'est là qu'il doit travailler...

— Evidemment que c'est là !... Ça doit même être sa chambre, la petite fenêtre, là, sous la croix !...

Louis ne voit pas trop bien la carte qu'on lui met sous le nez, mais rageusement il conteste la version de Marcelle.

— Je la reconnais, la carte ! C'est une de l'année dernière !

— Qu'est-ce que tu racontes ?

— Je sais bien ! Elle était dans le tiroir du buffet, celle-là ! C'est maman qui l'a mise dans la lettre !... Pour me faire croire !

Il s'est énervé de plus en plus en débitant son histoire, et à la fin il crie vraiment... Au point que, en le voyant se mettre dans cet état-là, Marcelle se fâche presque en tentant de lui faire entendre raison.

— Qu'est-ce que tu vas encore inventer ! Si j' te dis que...

Mais Louis ne la laisse pas achever sa phrase : il explose littéralement en larmes et se dresse, tendu de colère, pour hurler son désespoir et sa haine à la face de Marcelle, éberluée :

— C'EST PAS VRAI ! C'EST TOI LA MENTEUSE ! MENTEUSE ! MENTEUSE !

Plus tard, Marcelle dira qu'elle n'a pas réfléchi à son geste, que sa main est partie toute seule !... Et c'est vrai : la gifle qui claque à toute volée sur le visage de Louis paraît la surprendre autant que le gamin qui s'est arrêté de hurler instantanément.

Pétrifié pendant quelques secondes, Louis tourne brusquement les talons et se sauve en courant par la porte de derrière.

Marcelle regrette trop tard :

— Louis ! Reviens, mon chéri !

Ses lanières de plastique encore agitées par le passage-éclair de Louis, le rideau de la porte de la cuisine s'écarte à nouveau sur Marcelle qui sort pour appeler.

— Louis ?...

Solange rejoint Marcelle et constate aussitôt :

— ... Tu penses bien qu'il est déjà loin !...

— J'aurais pas dû !... Mais qu'est-ce que tu veux, c'est parti tout seul !...

— Laisse-le, va !... Martine trouvera bien à le consoler !...

Marcelle est allée jusqu'à la tonnelle mais, n'apercevant pas Louis dans le jardin, elle renonce à aller le chercher et revient vers la maison en regrettant encore :

— Tout de même... j'ai eu la main un peu lourde...

Impatiente de reprendre son essayage, Solange rassure Marcelle :

— Si je devais compter toutes les taloches que j'ai reçues !...

Un peu inquiète, Marcelle regarde tout de même encore dans la direction du jardin. Et puis, apercevant les clapiers, l'association d'idées lui inspire un commentaire contrarié avant qu'elle ne suive Solange dans la maison :

— Moi qui comptais faire un lapin demain... J'ai intérêt à changer de menu !...

C'est bien Martine que Louis est allé rejoindre dans la cabane au fond du jardin d'Yvonne.

Martine qui lui appuie un doigt sur la joue et constate, impressionnée :

— On voit encore les doigts, dis donc !...

Louis frotte sa joue encore humide de larmes tandis que Martine conclut avec philosophie :

— Remarque, ma mère dit que ça fait circuler le sang !... Ça doit y aller dare-dare, le tien !

Louis est obligé de rire aussi à ses grimaces et la maligne suppose assez justement :

— Te bile pas, va !... Elle doit être encore plus embêtée que toi, Marcelle !...

— Je m'en moque de Marcelle ! C'est pas pour ça...

Il va recommencer à pleurer et Martine comprend aussitôt.

— C'est pour ton père ?

Louis acquiesce du menton et Martine croit probablement lui donner un motif de consolation en voulant lui démontrer la banalité de la situation :

— Le mien ça s'est passé pareil : un jour, pffuuiit ! Plus personne ! Yvonne elle me racontait des histoires de voyages ! Des trucs comme ça... mais moi je voyais bien que c'était du baratin ! J'ai rien gobé, tu penses !...

— Tu crois qu'il est parti ?

— Ben tiens ! Mon père, il s'est tiré avec une jeune de Nantes, une vendeuse des Nouvelles Galeries !... Remarque, y paraît qu'elle lui prend tous ses ronds !... Alors le tien, ça doit être pareil !...

— C'est pas vrai ! Ça s'peut pas ! Il est pas comme ça, mon père !

— Mon œil ! C'est tous pareils les vieux ! Dès qu'y voient passer une jeune qui remue du popotin : DZOUING !!!

Elle tire la langue et fait un geste rigolo pour illustrer l'idée que les yeux leur sortent de la tête avant de conclure avec une logique imparable :

— Et y plaquent la vieille !... C'est comme ça !...

Partagé entre l'envie de pleurer qui le gagne à nouveau et la colère qui monte en lui, Louis réfute farouchement les insinuations de Martine :

— Ça s'peut pas, j'te dis ! D'abord mon père il est pas vieux ! Et ma mère elle est bien plus belle qu'une vendeuse !

— Ça empêche pas ! Si ça s'trouve, y s'aiment plus, c'est tout !... Remarque, ça vaut mieux que de rester à se bouffer le nez comme Marcelle et Pelo !...

Alors qu'il était accroupi en face de Martine, Louis se redresse brusquement comme tout à l'heure et, avec la même rage désespérée, il hurle en s'en prenant à l'échafaudage fragile de la cabane qu'il fait s'écrouler sur Martine :

— C'EST PAS VRAI ! C'EST PAS VRAI ! IL EST PAS PARTI ! SALOPE ! SALOPE !

Eclatant à nouveau en larmes, il se sauve en courant vers la haie qui sépare les deux jardins et disparaît par le trou utilisé par Martine. Celle-ci se relève des décombres de la cabane et appelle, regrettant déjà :

— J'ai dit ça pour te faire enrager ! Louis ! Reviens !

Dans la maison, près de la machine à coudre, tandis que Marcelle replie la robe inachevée, Solange termine de se rhabiller et demande :

— Elle sera prête demain ?

— Laisse-moi deux jours tout d'même !... Tu t'en vas pas cul nu !...

Elle retire ses lunettes, se lève et va vers le buffet en pensant à Louis.

— Je vais lui ouvrir des confitures pour le goûter... peut-être que ça arrangera nos affaires !...

Mais Louis ne revient pas pour le goûter et Marcelle finit par s'inquiéter vraiment. Elle le guette sur la route puis traverse la maison pour aller appeler dans la cour en direction des jardins :

— LOUIS ? Ton goûter est...

Elle ne termine pas sa phrase et arrondit les yeux sur le spectacle qu'elle découvre : sept ou huit lapins gambadent en liberté dans la cour !

Seulement sept ou huit sur la vingtaine que contenaient les clapiers dont toutes les portes sont largement ouvertes, les autres s'étant probablement déjà éparpillés dans la nature !...

— Qu'est-ce que c'est qu'ça ? Qu'est-ce que c'est ce travail ?

Parant au plus pressé, elle commence à courir après les lapins qu'elle attrape par les oreilles pour les ramener à la case départ en criant tout de même en direction du jardin :

— LOUIS ! LOUIS ! VIENS ICI, CHENAPAN !

Les clapiers refermés, Marcelle sort comme un boulet de la maison et fonce tout droit vers l'entrée du cimetière.

Elle a sa tête des mauvais jours, l'air pas « baisant », comme dirait Martine, et quand elle se plante devant l'arbre des enfants, elle est certaine que Louis s'y est réfugié :

— Sors de là, Louis ! Je sais que tu te caches là-d'dans !...

Mais l'if ne bouge pas d'une branche et Marcelle menace :

— J' te préviens ! si tu ne descends pas d' là immédiatement... je vais acheter un martinet chez Marie Poibeau.

Toujours pas de réponse. Marcelle donne alors dans la surenchère en s'approchant de l'if et, en se tordant le cou pour essayer d'apercevoir quelque chose à travers le feuillage trop dense :

— Je vais me fâcher pour de bon, Louis !... J' te préviens : au lieu d'en passer qu'un seul à la casserole, je les vends tous ! Tu s'ras bien avancé quand M. Rousseau en aura fait du pâté !...

Elle se recule, lève la tête, et s'en prend au sommet de l'if comme si elle soupçonnait Louis de s'être réfugié au plus haut de l'observatoire :

— Bon, eh ben tant pis : ça fera du pâté !...

— C'est pas la peine !

Marcelle sursaute en entendant la voix de Martine... Et dès que celle-ci apparaît de derrière l'arbre, elle lui saute dessus et l'accuse déjà.

— Ah ! tu es là, toi ! C'est donc toi qui le caches !...

Elle fonce déjà sur elle, mais Martine dément :

— Il est pas là !... Je sais pas où il est...

— Il était pas avec toi ?

— Si. Tout à l'heure... il est venu à la cabane quand tu lui as claqué le beignet...

N'accordant qu'une confiance relative à Martine, Marcelle est allée vérifier en écartant les feuillages du deuxième if... mais elle doit bien se rendre à l'évidence et s'en remettre à Martine pour essayer d'en savoir plus.

— Eh ben, où il est maint'nant ? C'est toi qui lui as donné l'idée d'évader mes lapins dans la nature ?

Devant l'injustice qui se prépare et la calotte qu'elle sent venir, Martine recule et proteste de sa bonne foi :

— Non, c'est pas moi ! Je l'savais même pas !... Il s'est sauvé ! C'est tout c'que j'ai vu !...

— Il s'est sauvé ? Et pourquoi donc ? A cause que je l'ai giflé ?

— Non... à cause de son père...

Sortant de chez Yvonne, Solange vient voir ce qui se passe.

— Tu l'as pas retrouvé ?

Un instant distraite par l'arrivée de Solange, Marcelle revient à l'essentiel et agrippe Martine par le bras :

— Qu'est-ce que c'est que cette histoire ? Qu'est-ce qu'il t'a dit ?

— Ben... Il a peur que son père est parti en laissant sa mère dans l'pétrin !...

Arrivant en voiture pour chercher Solange, Simon aperçoit sur la route le petit groupe animé qu'il dépasse pour venir se garer devant la maison d'Yvonne.

Marcelle et Solange se précipitent déjà vers lui pour demander alors qu'il ouvre sa portière :

— Simon ! T'as pas vu Louis sur la route en venant ?

— Non, pourquoi ? Qu'est-ce qu'y s'passe ?

— On sait pas où il est ! Martine dit qu'il s'est sauvé...

Martine ajoute pour plus de vérité :

— Y pleurait comme une Madeleine !...

Visiblement, Marcelle commence à paniquer, elle piétine sans savoir si elle doit courir vers le bourg ou retourner vérifier dans le jardin ou la maison.

— Mon Dieu !... Quelle sotte !...

Simon sort de la voiture et tente de calmer les esprits en proposant :

— On va l'chercher! Y doit pas être bien loin!...

Un peu déçue de perdre le premier rôle dans cette histoire, Martine répète encore pour attirer l'attention:

— En tout cas, y pleurait comme une Madeleine quand il est parti!...

Alors, comme fouettée par l'urgence que révèle ce détail fourni par Martine, Marcelle retrouve son sang-froid et commence par ordonner à la gamine:

— Toi, cours à la boutique voir s'il y est pas! Et ramène Pelo si y a besoin!...

Tandis que Martine détale déjà, alertée par l'animation qui règne devant sa porte Yvonne rejoint le petit groupe en marchant sur la pointe de ses mules roses et questionne en regardant vers le bourg:

— Qu'est-ce qui se passe? Y a le feu?

C'est bien comme s'il y avait le feu que Martine arrive à la menuiserie en hurlant de loin:

— PELO! PELO!

Penché sur le moteur de sa camionnette Citroën à la recherche de la panne qu'il n'arrive pas à localiser, Pelo l'entend crier et répond pour lui-même:

— Pelo... y trouve pas!...

Il se redresse en essuyant ses mains pleines de cambouis à l'instant où Martine vient s'accrocher à la portière, hors d'haleine, débitant d'une traite le message qu'elle est chargée de lui transmettre, mais traduisant l'information à sa manière:

— Y a Louis qu'a disparu à cause de son père et que Marcelle lui a donné une beigne!...

Pelo arrondit les yeux sans comprendre. Martine doit reprendre son souffle avant de résumer l'essentiel :

— Y faut que tu viennes au trot!

— Qu'est-ce que tu m'chantes là?

— Viens vite, j'te dis!

— Voilà, voilà! on y va...

Il sort de la cabine, prend au vol sa veste sur le capot de la camionnette et suit Martine qui cavale déjà sur la route.

Pendant ce temps, de plus en plus affolée, Marcelle poursuit ses recherches et appelle partout, de la maison, du jardin :

— Louis! Louis! Réponds si tu es là, mon chéri!... Mon Dieu, mais où est-ce qu'il peut être?

Pas dans le cimetière en tout cas : Simon en sort bredouille et se heurte à Pelo qui arrive en courant avec Martine et qui s'informe tout de suite :

— Alors? On l'a retrouvé?

Simon a un geste d'impuissance et lui retourne la question :

— Il était pas avec toi?

— Mais non! Je l'ai pas vu de l'après-midi!...

Marcelle, Yvonne et Solange les rejoignent en courant, et Pelo doit donner la même réponse, effacer le même espoir que Marcelle nourrissait elle aussi. Elle se prend le visage à deux mains et ne peut que murmurer sottement :

— Mon Dieu !

Mais Pelo est prêt à se mettre en colère et interroge durement :

— Qu'est-ce que c'est que cette histoire de carte postale ?

— Je t'expliquerai !... Il faut le retrouver avant qu'il fasse une bêtise !...

— Faut pas non plus exagérer ! Il doit se cacher quelque part pour t'emmerder ! Qu'est-ce qui t'as pris de le gifler ?

— Ah ! je t'en prie ! C'est pas le moment !... Tu ferais mieux d'aller chercher la camionnette ! S'il a fait une fugue, il s'est peut-être mis dans la tête d'aller prendre le car au Grand-Chemin !...

— Il est en panne, le bahut ! J'étais dessus quand Martine est venue me chercher.

Simon intervient avant que l'explication ne dégénère et propose avec le bon sens et l'efficacité qui semblent manquer à Marcelle :

— Allons-y avec ma voiture !

Pelo acquiesce et le pousse à ne pas perdre de temps.

— Vas-y, toi ! Moi je vais voir au bourg, il a pas pu passer sans qu'on le voie !...

Simon saute déjà au volant de sa voiture tandis que Pelo part vers le bourg, Martine lui emboîtant le pas, finalement plutôt ravie du parfum de suspense et d'aventure qui commence à entourer la disparition de Louis.

— Je vais avec toi ! Je connais tous les coins !...

De là-bas, Marcelle leur crie encore :

— Moi je téléphone de chez Yvonne !

... Et précise en gagnant la porte de la maison avec Solange :

— S'il arrive jusqu'au Grand-Chemin, le père Viot pourra toujours bien l'empêcher de monter dans le car de six heures !...

Elles entrent toutes les trois dans la maison alors qu'Yvonne remarque :

— Tout de même ! Le chauffeur le prendrait pas comme ça !...

— Va savoir ce qu'il est capable de raconter, le gamin !...

Marcelle a gagné directement le salon où se trouve le téléphone et demande avant de décrocher :

— C'est quoi le numéro ?

On n'a pas le temps de lui répondre, au même moment la sonnerie du téléphone retentit et cela les surprend tellement que les trois femmes restent figées, idiotes, devant l'appareil qui continue de sonner...

Chaque année à la même époque, la volonté de Dieu met à rude épreuve les sinus du curé de Rouans : allergique aux moindres graminées et cependant pourvu d'une foi solide, le malheureux prêtre ne peut s'empêcher de blasphémer en se mouchant à grand bruit.

— Bon Dieu de foin !

Il rempoche son large mouchoir à carreaux dans sa soutane et s'apprête à entrer dans l'église lorsqu'on le hèle à pleins poumons :

— MONSIEUR LE CURÉÉÉÉ !!!!

Le curé se retourne et s'arrête en apercevant

Pelo et Martine qui galopent vers lui... Un peu surpris, il les accueille avec un scepticisme bon enfant :

— C'est bien la première fois que je vous vois courir à l'église, tous les deux !...

Pelo n'est pas d'humeur à rire, ni même d'humeur anticléricale.

— Y s'agit bien d'ça !

Martine précise :

— On a perdu Louis !

— Tu l'aurais pas aperçu dans ta tournée ?

— Pourquoi ? Que se passe-t-il ?

Pelo s'agace :

— Peu importe ! Tu l'as vu le gamin, ou non ?

— Mais non !... J'ai bien croisé les petits Collin au pont... mais Louis n'était pas avec eux...

Pendant ce dialogue entre Pelo et le curé, l'attention de Martine est attirée par une soudaine averse qui tombe à la verticale du parvis et qui vient éclabousser les marches juste à côté d'eux...

Elle lève un nez incrédule... et aussitôt c'est l'illumination :

— IL EST LÀ ! IL EST LÀ !

Comme la précipitation s'est tarie aussi vite qu'elle est venue et que Martine pointe son doigt sur la flaque qui s'élargit sur la marche, Pelo et le curé la regardent comme une folle et l'interrogent en même temps :

— Où ça ?

— C'est lui qu'a pissé dans la gargouille pour nous arroser !

Les regards de Pelo et du curé vont très vite

de la flaque à la gargouille, étonnés, tandis que Martine insiste :

— Mais si ! C'est moi qui lui ai appris ! Il y est, j'te dis !

— Allons ! Il n'a pas pu monter là-haut !...

Moins sceptique que le curé, Pelo voit bien à la tête de Martine que celle-ci ne fabule pas, et c'est à elle qu'il demande :

— Comment on fait pour y grimper ?

— C'est fastoche ! Viens voir !...

Pelo la suit sans attendre le curé qui lève encore la tête vers le fronton comme s'il voulait le voir pour y croire...

A l'intérieur de l'église, Martine a entraîné Pelo jusqu'à la grille qui condamne l'accès à la sacristie et pointe un doigt accusateur sur la chaise abandonnée sous le bénitier :

— Il est passé par là ! Avec la chaise tu grimpes sur le bénitier, et hop !

— Ça va ! J'ai compris !...

Arrivant à son tour, toujours incrédule, le curé vérifie la grille et constate, confirmé dans ses certitudes :

— C'est pourtant bien fermé !

— C'est pas ça qui les arrête !

Suivant effectivement le même chemin que les enfants, Pelo saute déjà de l'autre côté de la grille pour aussitôt empêcher Martine d'en faire autant :

— Non ! Toi, tu vas prévenir Marcelle !

— Ah non ! J'ai envie d'y aller avec toi !

— File, j' te dis !

Martine s'exécute à regret tandis que le curé

renonce à grimper sur son bénitier et propose, plus orthodoxe :

— Je vais chercher les clefs !...

Pelo s'est déjà engouffré dans la sacristie.

Dans le « salon de coiffure », l'inquiétude n'est pas moins vive, et sous les regards tendus d'Yvonne et de Solange, Marcelle, blanche comme une morte, balbutie encore trois mots dans le combiné du téléphone :

— Merci... merci beaucoup...

Elle raccroche et annonce avec un air de catastrophe :

— Il est né !... C'est un garçon...

— Ah ! Eh ben, c'est déjà un souci de moins !

Yvonne a dit ça sans réfléchir, alors que Solange comprend mieux la situation et demande :

— C'était une infirmière qui appelait ?

— Oui... heureusement !...

Complètement bouleversée, elle ne peut s'empêcher d'imaginer le pire :

— Mon Dieu ! Si jamais...

C'est à cet instant que Martine déboule dans la cuisine, claironnant, hors d'haleine mais rayonnante :

— ÇA Y EST ! ÇA Y EST ! C'est moi qui l'a retrouvé ! Il est sur le toit !

Le soulagement des trois femmes est de courte durée, ce premier détail donné par Martine affole déjà Marcelle qui questionne bêtement :

— Quel toit ?

C'est du toit de l'église qu'il s'agit, un toit culminant à vingt-cinq mètres du sol. Quand

Pelo sort sur la gouttière de pierre et qu'il découvre l'enfant, il a du mal à masquer l'angoisse qui le prend immédiatement au ventre, mais c'est pourtant d'une voix normale, presque anodine et sans reproche qu'il s'adresse à Louis en levant la tête :

— Ah ! Tu es là...

Les yeux brillants mais sans larmes, sa lapine au pelage blanc et roux serrée contre lui, Louis est bien là, accroupi contre la croix de pierre qui marque l'extrémité de cette perspective vertigineuse que découvre Pelo.

— Tu parles d'un acrobate !... Comment t'as fait pour grimper là-haut ?...

Louis ne répond pas. Son regard est venu se poser sur Pelo dès qu'il est apparu sur le toit, mais il reste farouche et têtu...

Sous cette apparence de défi volontaire, Pelo ressent pourtant toute la fragilité et le désespoir de ce regard qu'il soutient pour ne pas le perdre, qu'il cherche à capter pendant qu'il s'avance sur la gouttière pour atteindre l'échelle de couvreur :

— C'est Martine qui t'as montré le truc de la gargouille ?... C'est pas tombé loin !... Pour un peu le curé se faisait proprement baptiser !...

En parlant ainsi, sans quitter ou presque Louis du regard, il a défait la corde qui noue l'avant-dernier barreau de l'échelle à un chevron découvert de la toiture...

— Je vais rapprocher l'échelle... moi je suis pas très doué pour faire le funambule !... Bouge pas, hein !... je viens...

Son intention est de ramener l'échelle sur le

bord du pignon, juste à l'aplomb de la croix, pour ne pas que Louis ait à refaire le chemin sur l'arête du toit.

Pendant qu'il s'arc-boute ainsi pour porter l'échelle à bout de bras sans perdre l'équilibre, Louis l'observe sans bouger, prostré dans un mutisme que Pelo tente de rompre en plaisantant :

— Si on m'avait dit que j'irais te chercher là-haut!... Moi qu'avais juré de ne pas remettre un pied à l'église!...

De l'autre côté de l'église, Marcelle, Solange et Yvonne arrivent en courant sur la place où les attend déjà Martine qui a pris de l'avance et gesticule en désignant le sommet du pignon de l'église :

— Il est là! Il est là! Regardez! A la croix!

Les trois femmes s'arrêtent, lèvent la tête ensemble... et restent figées de stupeur en découvrant la minuscule silhouette de Louis perchée tout là-haut...

— O mon Dieu!

C'est Yvonne qui vient de prononcer ces mots-là, Marcelle restant pour sa part muette d'effroi, la bouche ouverte, incapable de sortir un son, mais crispée, tout au bord de la crise d'hystérie. Un coup d'œil suffit à Solange pour le deviner : elle agrippe le bras de Marcelle et conseille intuitivement, d'une voix très douce et très calme :

— Crie pas surtout!...

Sur le toit, Pelo est simplement retardé par la difficulté à manier l'échelle de couvreur sans effaroucher le gamin... Tout doucement, il vient d'appuyer l'échelle sur le bord du toit, juste aux pieds de Louis... Mais à l'instant où il va commencer à grimper, le gosse se lève de son refuge comme s'il voulait s'enfuir... Pelo s'immobilise immédiatement et explique sans le quitter des yeux :

— N'essaie pas de descendre tout seul... je vais monter te chercher... d'accord ?

— Va-t'en ! Je descendrai pas ! Va-t'en !...

Sa colère et son désespoir accumulés, trop longtemps retenus, Louis a jeté ces premiers mots d'une voix rageuse et pourtant près de se briser dans les sanglots.

— Comme t'es là, t'en as gros sur la patate, hein !... C'est ça ?

Louis ne répond pas, mais Pelo se risque malgré tout à monter deux nouveaux barreaux en prenant soin de lui donner des gages de sa compréhension :

— Elle a pas été bien maligne de te calotter, Marcelle ! Ça d'accord !... Mais tu sais... je crois que c'est elle que ça enquiquine le plus !...

Pelo est volontairement loin de la vérité en disant ça, car, trente mètres plus bas, impuissante et torturée d'angoisse, Marcelle est au bord de la crise de nerfs.

— Mais qu'est-ce qu'il attend, Pelo ?... Il devrait monter !...

Nouées par la même peur, Solange et Yvonne sont incapables de répondre, et c'est Martine qui suggère en toute bonne foi :

— Il a peut-être le vertige ?...

Cette suggestion hasardeuse lui vaut en

retour immédiat une claque sonore qu'Yvonne, scandalisée, lui envoie à travers la figure...

Loin des petits malheurs de Martine, sur le toit de l'église on parle pourtant aussi d'une gifle et de ses conséquences :

— C'est à cause de la calotte que tu t'es sauvé ?...

A nouveau gagné par les larmes, Louis nie farouchement :

— Je m'en moque de ça ! Je m'en moque de Marcelle ! Je vous déteste ! Je vous déteste !

A voir ainsi le gamin véhément, tous ses nerfs crispés et maintenant inconscient du vide au bord duquel il tangue, Pelo commence à transpirer d'angoisse et ne parvient plus à garder le ton bonhomme qu'il utilisait jusque-là. Peut-être un peu trop précipitamment, il grimpe quelques nouveaux barreaux et supplie presque :

— Dis pas ça, bonhomme !... Ne bouge pas !... Tu sais... Marcelle et moi ça nous a fait sacrément plaisir à tous les deux de t'avoir !...

— C'est pas vrai ! Vous vous disputez tout l'temps ! Vous êtes méchants ! Vous êtes méchants !

... Et comme Pelo grimpe vers lui tandis qu'il crie ainsi, le gamin prend peur et recule sur l'étroite rigole de ciment qui court sur l'arête du toit...

Quand il en prend conscience, Pelo stoppe instantanément son ascension mais, pourtant maintenant proche de Louis, il ne peut s'empêcher de crier :

— Arrête ! Va pas par là ! Tu vas tomber, Louis !

Mais au lieu de l'arrêter, cette mise en garde nourrit la détermination de Louis qui recule encore un peu plus sur cette arête vertigineuse en criant à travers ses larmes tout son désarroi, toutes ses peurs d'enfant dont les causes se mélangent et le précipitent vers la tentation de la mort.

— Je m'en moque ! Je m'en moque si je tombe ! Ce s'ra bien fait pour papa !...

— Louis ! Reviens !

... Il aurait voulu hurler, mais il n'a fait que balbutier en escaladant précipitamment les derniers échelons alors que Louis recule encore en serrant à l'étouffer son lapin contre sa joue, comme si c'était à lui maintenant qu'il promettait :

— Je s'rai avec maman ! Si elle va mourir à cause du bébé, je s'rai avec maman !...

En bas sur la place, Marcelle ne peut retenir davantage sa terreur en voyant la silhouette minuscule de Louis au bord du gouffre : les doigts tordus, déchirant son visage, elle hurle de toutes ses forces :

— LOUIIIIIIS !!!

Au même moment, inconscient du drame qui se joue, Simon klaxonne par deux fois en apercevant le petit groupe des femmes à qui il adresse un signe négatif pour les avertir de l'inutilité de son aller et retour au Grand-Chemin.

En même temps Louis et Pelo ont entendu le cri de Marcelle et les deux coups de klaxon, mais en abaissant son regard sur la petite voiture, Louis y voit instantanément une autre image : celle de sa mère qui lui sourit à la portière à l'instant du départ... et comme si cette image devenait celle d'un retour, il hurle à son tour :

— MAMAN !

Sous tous les regards fascinés qui voudraient le retenir, il perd l'équilibre, bascule lentement... et tombe...

Figé d'horreur, Pelo ne peut détacher son regard du faîtage du toit, de cette ligne tracée sur le ciel d'où Louis a disparu...

En bas, seule Martine ne se masque pas les yeux, démesurément agrandis comme sa bouche... sa bouche qui pourtant se met à rire et à hurler de joie :

— IL EST TOMBÉ DANS LA GOUTTIÈRE ! IL EST TOMBÉ DANS LA GOUTTIÈRE ! YAAOUOUOUH ! ! !

Marcelle alors ose ouvrir les yeux mais contemple l'église stupidement : Martine a raison, la chute de Louis s'est achevée dans la gouttière de pierre ! Une de ses jambes pend dans le vide et l'on distingue aussi son bras qui cherche un appui comme pour se relever. Il est vivant. Et Solange pleure en répétant, émerveillée :

— Il est pas tombé !... Il est pas tombé, Marcelle !

Spectateur inopiné, Simon n'a pas eu le temps de subir la peur et son contrecoup : il ne fait que terminer un geste suspendu en laissant retomber sa portière et, dans un réflexe pratique, il court déjà vers l'église en criant aux badauds accourus mais encore pétrifiés :

— Appelez le médecin et l'ambulance ! Il est peut-être blessé !...

Il n'y a que Solange qui réagit et qui court déjà vers le téléphone, tous les autres restant là, fascinés, Yvonne accrochée à Marcelle, elle-même incapable de réagir, et Martine saluant l'apparition de Pelo sur le faîte du toit :

— Ça y est, le v'là !

En effet, basculant son échelle sur l'autre versant du toit, Pelo peut descendre chercher Louis qui maintenant paraît totalement immobile dans la gouttière... Encore certain du pire, le visage terreux et le regard fixé sur le corps de Louis qui gît avec une jambe pendant dans le vide, Pelo dégringole de l'échelle en catastrophe...

Ce n'est que lorsqu'il peut se pencher sur le gamin et l'attraper à pleins bras qu'il arrive à prononcer quelques mots hachés d'angoisse :

— Ça va, Louis ? Réponds-moi ! Ça va, Louis ?

Instinctivement, il le secoue, comme si cela pouvait le ramener à la vie.

Alors, tout doucement, Louis rouvre les yeux et, très bas, d'une voix presque inaudible, il demande :

— Mon lapin ?...

Bouleversé, comme Louis qui tout à l'heure étreignait désespérément ce lapin qu'il réclame, Pelo étouffe le gamin contre sa poitrine et grommelle avec des larmes de bonheur qui lui viennent aux yeux :

— Y s'agit bien du lapin !...

Maintenant seulement il pense à ceux qui sont en bas et qui attendent, têtes renversées, suspendus à ses gestes. Pelo, soulagé, hurle vers eux :

— Il est sonné !... Mais je crois qu'il a rien !

Une exclamation de joie salue le cri de Pelo. Alors Marcelle peut se laisser aller et tomber dans les pommes...

Plus tard, bien plus tard, sept ou huit personnes du bourg piétinent en commentant l'événement devant la maison de Marcelle, agglutinés autour de deux voitures : celle du Dr Gauthier et celle de l'ambulancier de Vue qui, d'un air de circonstance, échange son point de vue professionnel avec Hippolyte :

— Dame ! s'il était descendu jusqu'en bas... c'était pour toi, mon collègue !...

Hippolyte acquiesce d'un air grave et entendu :

— Sûr !...

A l'intérieur on attend aussi. Au rez-de-chaussée ils sont tous là, Pelo, le curé, Simon et Solange, Yvonne et Martine, à se ronger les sangs en attendant que le docteur redescende et leur donne son verdict...

Quand enfin il sort de la chambre de Louis, ils se précipitent tous au pied de l'escalier et l'interrogent d'une seule voix :

— Alors, docteur ?

Le docteur sourit en descendant, encore étonné par les conclusions de son diagnostic :

— Rien! Quelques éraflures... On peut dire qu'il a eu de la chance, votre bonhomme!...

Pelo s'extasie et prend le curé à témoin:

— C'est un miracle, curé! Un vrai miracle!

Pour un peu il en embrasserait son vieil ennemi qui modère la conviction de Pelo avec un scepticisme malicieux:

— Un miracle, peut-être pas... mais un coup de pouce, sûrement!

— En tout cas, ça s'arrose un jour pareil!...

Il va ouvrir la porte de la cuisine et invite ceux qui sont là à le suivre:

— Passez à la cave! Vous ferez bien une petite entorse, docteur?

— Ecoutez, d'habitude je les soigne... mais, aujourd'hui, c'est bien volontiers!

Jusque-là Martine s'était prudemment fait oublier, mais maintenant que tout le monde quitte la pièce derrière Pelo, elle se glisse dans l'escalier qu'elle monte sur la pointe de ses pieds nus.

Au premier étage, dans la chambre de Louis, assise sur le rebord du lit, Marcelle retape une nouvelle fois les oreillers sous la tête du rescapé qui garde pour toute marque visible de son aventure une éraflure et la trace de larmes séchées sur ses joues sales.

— Sais-tu qui donc est arrivé pendant que tu nous faisais mourir de peur?

— Les pompiers?

Marcelle ne peut s'empêcher de rire.

— Mais non, bêta! Ton petit frère! On a téléphoné chez Yvonne pour dire que tout allait bien! Le bébé et la maman!... Tu es content?

Louis a le sourire un peu pâlot mais demande quand même :

— Comment y s'appelle ?

Ce n'est pas Marcelle qui lui répond, mais la voix facétieuse de Martine.

Surprise, Marcelle se retourne d'un bloc et fulmine déjà en découvrant la gamine qui se tortille sur le pas de la porte.

— Veux-tu te sauver, toi ! Tu trouves que tu en as pas fait assez pour aujourd'hui ?

Martine baisse la tête et s'apprête à repartir comme elle est venue, mais d'une toute petite voix Louis demande de son lit :

— J'ai envie qu'elle reste avec moi...

C'est bien pour lui faire plaisir que Marcelle concède en se levant :

— Pas longtemps alors ! Je lui prépare un bouillon et tu redescends après, toi !

Trop contente, Martine se fait petite en revenant dans la chambre :

— Promis !

Avec un hochement de tête indulgent pour la gamine, Marcelle sort en ne refermant qu'à moitié la porte.

Restée seule avec Louis, Martine se dandine un peu gauchement, impressionnée quand même par la pâleur du rescapé. Il faut un sourire un peu timide de Louis pour qu'elle se dégourdisse et retrouve sa langue en s'asseyant sur le bord du lit.

— Ben mon cochon ! Tu nous as fichu une belle pétoche !...

— T'as eu peur ?

— Tu parles ! Si t'étais mort ce s'rait encore de ma faute !...

— N'empêche, t'as vu... moi aussi j'suis capable d'aller pisser tout seul dans la gargouille !

A la fierté rétrospective de Louis, Martine répond par une admiration sincère :

— Même mieux !... Ça j'y avais pas pensé, à faire du toboggan sur le toit !

Ils se sourient tous les deux, comme après une bonne farce.

La nuit est tombée. Tard dans la soirée on a dû parler encore de cette histoire dans toutes les maisons, et au café. Et puis tout le monde est allé se coucher, perclus d'émotions, et persuadés pour certains que tout ça n'aurait pas été possible sans l'intervention divine : Dieu par principe ne permettant pas qu'on se tue en tombant de son propre toit...

Marcelle aussi a veillé tard. Elle est restée dans la chambre de Louis jusqu'à ce que celui-ci finisse par s'endormir. Alors seulement elle est allée se déshabiller et a envisagé de passer une nuit plus sereine que ne l'avait été sa journée...

En chemise de nuit, elle a regardé une dernière fois dans la chambre de Louis avant de refermer la porte tout doucement et de traverser le palier sur la pointe des pieds.

Le pas de Pelo résonne dans l'escalier et la surprend. Elle ne l'avait pas entendu rentrer et, sans doute pour éviter cette rencontre, elle voudrait regagner sa chambre avant qu'il ne l'aperçoive, mais Pelo apparaît et questionne déjà au milieu de l'escalier :

— Il dort ?...

Marcelle le fusille du regard et entre dans sa chambre sans lui répondre. Le visage fermé, elle se couche en évitant de regarder Pelo qui entre à son tour dans la chambre et referme la porte derrière lui en s'inquiétant de nouveau :

— Il a réussi à s'endormir ?

Marcelle élude la question et accuse déjà :

— Après ce qui s'est passé, toi... tout c'que tu trouves à faire c'est de disparaître au café !...

Pelo hausse les épaules et se laisse tomber sur le bord du lit.

— Est-ce que j'ai l'air saoul ?

Il a dit ça sans agressivité, avec juste de la fatigue, comme si ce soir au moins il avait espéré un autre accueil, peut-être un armistice... Mais, forte de sa conviction, Marcelle s'allonge en lui tournant le dos ostensiblement...

Pelo commence à se déchausser et à se dévêtir en expliquant, sans chercher à se justifier, juste pour dire les choses comme elles sont :

— Le curé a tenu à nous ouvrir sa cave... Il y croit, à son miracle !...

Il sourit en y repensant et corrige :

— Mais pas au point de remplir les calices !... S'il avait pu trouver plus petit que les verres à porto !... Au compte-gouttes, le sang du Christ !... Remarque, c'était du bon...

— C'est bien le jour de blasphémer !

Elle dit ça en se recalant nerveusement sur son oreiller, et Pelo attend de s'être couché à son tour, adossé plutôt au bois de la tête de lit, pour lui répondre en hochant la tête :

— Tu devrais danser la gigue et rire aux anges de le savoir à côté... à dormir dans son lit !...

Maintenant il s'énerve un peu à parler dans son dos sans qu'elle réagisse :

— Et si ton foutu bordel de Dieu y est pour quelque chose, il mérite plus que moi qu'on lui fasse la gueule, si tu veux mon idée !... Sur ce, bonsoir !

Furieux, il se couche de son côté en tournant le dos à Marcelle qui choisit ce moment-là pour se redresser et réagir enfin, bouleversée et rageuse, au bord de la crise de nerfs.

— Et s'il s'était tué, hein ? S'il s'était tué !

Pelo se rassoit brusquement et lui fait face, exaspéré :

— Eh ben, justement ! Il s'est pas tué !

Elle refuse de l'entendre et se rallonge de son côté en répétant :

— Ce gosse a failli mourir et je devrais danser la gigue !...

— Il est vivant, nom de Dieu ! Bien vivant ! Et il demande qu'à continuer ! Si on lui gâche pas le plaisir avec des peurs de bonne femme !...

Marcelle ne l'écoute pas et commence à pleurer en ajoutant pour elle-même :

— J'en serais morte... s'il était tombé... j'en serais morte !...

— Arrête, tu veux !...

Il l'a prise par l'épaule et, presque violemment, il l'oblige à se retourner, à le regarder en face et à l'écouter :

— Mais tu vois donc pas que c'est sur toi que tu pleures ! Que tu le refais, ton chemin de croix ! Faut croire que t'y trouves ton compte à la fin !... Ou c'est pour continuer à m'empoisonner la vie ?...

Marcelle se redresse, piquée au vif, rageuse :

— Et moi ? Crois-tu que...

Elle s'est interrompue brusquement en voyant la porte s'ouvrir sur la petite silhouette de Louis et change instantanément de physionomie pour s'inquiéter :

— Eh ben, mon chéri ?... Qu'est-ce que tu fais debout ?...

Penaud, Louis avoue :

— J'arrive pas à dormir...

Au flottement qui le laisse planté là dans l'encadrement de la porte et au regard à peine conscient qu'il pose sur eux, il est clair qu'il ne devait pourtant pas être loin du sommeil ou bien que ce sont les éclats de leurs voix qui l'ont réveillé et livré à cette angoisse nocturne qui pousse les gosses comme des somnambules vers la chambre des parents.

Marcelle se lève déjà en grondant gentiment :

— Y va falloir, pourtant !... Retourne vite te coucher...

Mais Louis s'avance vers le lit du côté de Pelo qui l'accueille, heureux de l'entendre balbutier avec la crainte d'un refus :

— Je veux rester avec vous !

— J'vois c' que c'est ! Viens là, bonhomme !...

Il l'attrape à bras-le-corps et le fait passer par-dessus lui pour l'installer au milieu, au chaud du lit...

De son côté, Marcelle enfile gilet et pantoufles et propose à Louis :

— Je vais te faire un tilleul bien chaud !...

— Reviens donc te coucher ! C'est pas de tes tisanes qu'il a besoin !...

... Et, serrant le gamin contre lui en caressant son front, il ajoute :

— T'étais pas trop rassuré tout seul dans la chambre de grand-mère, hein ? C'est ça, bonhomme ?...

Louis acquiesce du menton en se pelotonnant dans les bras protecteurs de Pelo.

Marcelle est revenue se coucher et c'est gentiment qu'elle demande au gosse :

— Je peux éteindre la lumière maintenant ?

Elle éteint la lampe de chevet, mais tous les trois restent les yeux grands ouverts, les regards de Marcelle et de Pelo réunis par celui qui va de l'un à l'autre avant de questionner :

— Quand est-ce qu'elle revient me chercher, maman ?

— Bientôt, mon Pilou !... Dès qu'elle pourra sortir de la clinique avec le bébé... En attendant c'est toi qui vas dormir comme un bébé !...

— Si Pelo ronfle pas !...

Ils ont ri tous les trois ensemble, et Marcelle et Pelo ont eu le même geste tendre sur la poitrine de Louis où leurs mains se touchent, s'écartent par réflexe… mais reviennent se poser…

Dix jours plus tard, les écorchures cicatrisées, les nouvelles de Claire ayant rendu sa joie de vivre à Louis, dans la maison en face du cimetière on n'attend plus que son arrivée. Avec espoir pour Louis, avec appréhension pour Marcelle et Pelo qui craignent maintenant de se retrouver seuls en tête à tête…

Pour se distraire de ses idées noires, Marcelle a entrepris un ménage général. Elle frotte, astique et dépoussière la maison de la cave au grenier.

Plongée dans l'obscurité, la chambre condamnée est brusquement livrée à la lumière qui se répand sur le plancher encore jonché des débris de la lutte récente de Marcelle et de Pelo… Avec ses ustensiles de ménage, Marcelle reste un instant sur le pas de la porte, puis très vite elle traverse la pièce jusqu'à la fenêtre qu'elle ouvre en grand avant de soulever la crémone et d'ouvrir les volets…

En bas, dans la cour, en entendant claquer les volets, Louis délaisse un instant les lapins et lève le nez vers Marcelle pour demander avec impatience :

— Quelle heure qu'il est ?

Marcelle sourit…

— T'es donc si pressé de nous quitter ?… Je comprends ça, va ! Mais laisse-lui le temps d'arriver…

— Tu crois qu'elle est déjà en route ?

— Dame ! y a belle lurette, la pauvre Claire !... Je crois bien qu'elle doit avoir hâte autant que toi !...

Marcelle se retourne à l'intérieur de la pièce et retrousse ses manches en soupirant. Armée d'une pelle et d'une balayette, elle se penche et commence par ramasser les débris de verre sous la fenêtre... lorsqu'elle entend la voix de Pelo.

— Qu'est-ce que tu fais ?...

Marcelle relève la tête et le regarde s'aventurer dans la pièce avant de répondre simplement en reprenant son ménage :

— Je peux pas laisser ça comme ça...

Il ne répond pas ; un peu gauche, il la regarde jeter le verre brisé dans son seau, paraît hésiter avant de dire ce qui l'amène.

— Faudra demander à Simon d'aller la chercher... j'ai un chantier chez Rousseau...

Marcelle se redresse pour dire sans arrière-pensée :

— Décidément !... Elle arrivera jamais à te voir...

Elle rit presque en relevant machinalement le cheval à bascule à moitié disloqué.

Pelo ne répond rien et lui retire le jouet des mains pour l'examiner.

— Ça doit pouvoir se réparer...

Alors qu'elle allait sortir en emportant son seau, la phrase peut-être simplement professionnelle de Pelo l'arrête et la fait se retourner pour le regarder.

Fugace, comme un espoir, un désir spontané, une lueur hésite dans la fixité de son regard... puis s'éteint avant qu'elle ne se détourne en murmurant :

— Tu ferais aussi bien d'en faire du petit bois, va...

Elle sort mais se retourne encore sur le palier pour ajouter :

— Oublie pas d'aller voir Louis avant de partir... Il serait malheureux...

Martine est la première à apercevoir la quatre-chevaux de Simon qui ramène Claire du Grand-Chemin : dissimulée sous le feuillage de son observatoire à l'entrée du cimetière, elle les regarde arriver et voit Louis et Marcelle sortir en courant de la maison pour les accueillir.

Laissant à peine le temps à Claire de descendre de la voiture, Louis lui saute au cou et la couvre de baisers que sa mère lui rend en riant sous les regards heureux de Marcelle.

Après quelques embrassades échangées, ils entrent dans la maison. Tristement, Martine laisse retomber le feuillage de l'arbre...

Plus tard, traversant la place de l'Eglise, le curé croise Martine qui traîne ses chaussures neuves dans la poussière en baissant le nez... Gentiment, il l'apostrophe en la retenant par l'épaule alors qu'elle allait le dépasser sans relever la tête :

— Eh bien, sauvageonne ! Tu en fais une tête ! C'est la fin des vacances qui te fait cette mine-là ?...

Et, malicieux, il ajoute :

— Ou bien ce sont tes chaussures qui te font mal ?

Martine hausse les épaules et se dégage sans répondre.

Par habitude, le curé se retourne pour la regarder s'éloigner, mais cette fois-ci Martine n'a pas le cœur à le gratifier d'une de ses facéties habituellement impudiques... ce que semble presque regretter le vieux prêtre, lequel attend qu'elle ait disparu dans la venelle qui longe l'école des bonnes sœurs pour reprendre son chemin.

Sur le sien, Martine croise maintenant Solange et Simon qui vont probablement s'aimer dans leur refuge.

A l'indifférence de Martine et à son regard qui ne quitte pas la pointe de ses maudites chaussures, Solange se rend compte au premier coup d'œil que sa sœur a du chagrin et en devine aisément la cause.

— Tu ne vas pas dire au revoir à Louis ?

— Qu'est-ce que ça peut t' faire !...

L'œil plus noir que jamais, elle continuerait son chemin si Simon ne la retenait pas par le bras.

— Embrasse-moi, chipie !... Moi aussi je vais m'en aller... et c'est pas sûr que j'en revienne de mon bled !...

Martine s'est laissé embrasser et se sauve déjà en courant tandis que Solange reproche avec une tendresse inquiète à son fiancé :

— J'aime pas quand tu dis des choses comme ça !...

Simon entoure de son bras les épaules de

Solange et l'entraîne vers la grange en disant encore :

— Je sais bien... mais va savoir comment ça peut finir cette connerie-là !...

— Par un mariage !

Elle se jette à son cou et l'embrasse à pleine bouche.

Réfugiée dans la grange désertée par les amoureux, Martine est bien décidée à se changer les idées. Accroupie devant une caisse de bois surchargée d'ustensiles hétéroclites, elle est occupée à confectionner l'une de ses tambouilles pas toujours appétissantes dont la recette ne peut sortir que de son imagination : une bobine de fil enfoncée sur un crayon et une vieille passette à thé en guise de pressoir, elle écrase avec rage des grappes de raisin à moitié mûr au-dessus d'un verre à la propreté douteuse.

Lorsque la voix de Louis l'appelle du jardin, elle ne relève même pas la tête et continue à presser sa mixture de plus belle...

— Martine !... Martine !

Il apparaît à l'entrée de la grange et s'approche, endimanché et soudain gauche :

— Qu'est-ce que tu fais ?

Martine répond sans le regarder, en transvasant le contenu du verre dans une bouteille de Vichy déjà à moitié pleine d'un jus opaque.

— Ça se voit, non ?... C'est pas du jus de gnognotte !...

Louis s'accroupit à son tour, regarde en

transparence le contenu de la bouteille de Vichy et demande, incrédule :

— C'est du vin ?...

— Un peu, oui !... Je vais rajouter du rhum... ça f'ra au moins du 15 degrés !...

Louis regarde Martine drôlement.

— Tu veux te saouler ?...

— De quoi j'me mêle !...

Malheureux, Louis la regarde massacrer une nouvelle grappe de raisin et se risque à expliquer :

— J'étais venu te dire au revoir...

Et comme Martine s'obstine à ne pas le regarder ni à lui répondre, comme une excuse il ajoute :

— Faut que j' parte... on s'en va prendre le car au Grand-Chemin...

Ne sachant plus que faire devant le mutisme de Martine, il s'apprête à tourner les talons à regret... mais c'est le moment qu'elle choisit pour se relever en essuyant ses mains sur sa robe et pour demander, soudain radoucie :

— Tu reviendras ?...

— Je sais pas...

— Tant pis si t'es trop bête !...

Elle a dit ça très vite, et aussitôt elle prend les joues de Louis dans ses mains et l'embrasse un peu maladroitement sur la bouche... puis, l'abandonnant, pantois, elle lui tourne le dos et sort en courant de la grange, bousculant au passage Pelo qui lui aussi avait des choses à dire à Louis. Il entre à son tour et sourit au gamin qui vient vers lui :

— C'est pas facile les adieux, hein ?

Louis ne répond pas, mais il est heureux de le voir et de l'entendre questionner :

— Comment on va faire, nous ?...

Alors, pour toute réponse, Louis se jette au cou de Pelo qui l'embrasse, le serre de toutes ses forces, et s'émerveille du baiser très tendre qu'il reçoit sur sa joue mal rasée...

Le chauffeur de la ligne Saint-Brévin - Nantes connaît son circuit par cœur. Il a des repères tout le long de sa route, avant et après chaque arrêt. Ainsi, pour le Grand-Chemin, quand il retourne sur Nantes, il sait qu'il faut commencer à ralentir une fois passé le virage après le pont sur la Chnaux. Encore cent mètres et il apercevra la guérite en ciment qui marque l'arrêt...

Aujourd'hui il y a du monde devant la cabane, un petit groupe composé de visages qu'il reconnaît, alors que son autocar s'approche : il y a là Marcelle Lucas et la jeune femme qu'il a transportée ce matin dans l'autre sens... avec son fils... Celui-là il le reconnaîtrait entre mille, bien qu'il y ait moins d'un mois qu'il soit arrivé au pays !... C'est le gosse qui ne voulait pas venir et qui pleurait à fendre l'âme en descendant du car...

Il y a aussi la Lubie qui attend à l'arrêt, mais ça, ça n'a rien d'extraordinaire.

Son arrivée déclenche des précipitations, des embrassades.

Il ralentit encore et annonce en se retournant machinalement vers ses passagers :

— Le Grand-Chemin !...

D'un geste synchronisé par l'habitude, il commande l'ouverture de la porte à soufflets en même temps qu'il arrête son car. La Lubie monte la première et paie sa place tandis qu'en bas du marchepied Marcelle couvre Louis de baisers en recommandant une dernière fois :

— Sois très gentil avec ta maman, embrasse tout plein ton petit frère, et surtout... n'oublie pas un petit mot à Marcelle et Pelo de temps en temps !...

— Même si y a des fautes ?...

— Même avec plein de fautes !

Elle l'embrasse encore tandis que Claire promet :

— Je mettrai des photos du bébé...

— J'y compte bien !...

Claire est montée en poussant Louis devant elle, et le chauffeur rigole en accueillant le gamin :

— Alors, bonhomme ? Tu vois ! C'était pas si terrible les vacances !...

Sans attendre une réponse que l'enfant ne donne d'ailleurs pas, il sourit à la mère en prenant l'argent qu'elle lui tend et demande :

— Pour Nantes ?

— Oui... s'il vous plaît...

Pendant qu'il fait la monnaie et déchire deux billets, Claire se retourne vers Marcelle :

— Merci ! Merci encore !...

— Tais-toi donc ! Allez !...

D'elle-même, elle se recule, comme pour donner le signal du départ, ou pour mieux apercevoir Louis à qui elle fait des signes de la main.

Claire prend les billets que le chauffeur lui tend, et celui-ci demande à Marcelle en riant, juste avant de repartir :

— Je le ramène l'année prochaine, l'apprenti de Pelo ?...

— C'est ça ! Allez ! Roule donc, fainéant !...

L'autocar démarre, et Marcelle se recule encore en agitant la main pour répondre aux mêmes signes que Claire et Louis lui adressent en avançant, ballottés entre les banquettes.

Elle reste ainsi jusqu'à ce que la première descente avale le car comme s'il s'enfonçait dans la route... Alors seulement son sourire se fige et elle baisse le bras pour chercher son mouchoir dans sa poche, devant se résigner à reprendre le chemin du bourg sous un ciel qui se couvre pour la première fois depuis plusieurs semaines...

Louis assis du côté de l'allée et Claire près de la fenêtre, ils n'ont pas échangé un mot depuis le départ, comme intimidés de se retrouver ainsi tous les deux.

Claire remarque que Louis ne quitte pas des yeux la petite vieille tout en noir qui occupe la banquette de l'autre côté de l'allée, et un peu comme si cela lui donnait un prétexte à dire quelque chose, elle demande :

— Tu la connais, cette vieille dame ?

Comme s'il venait d'être pris en faute, Louis se retourne et répond très vite :

— Non.

— Tu es content de revenir chez nous ?

Louis acquiesce de la tête, mais sans sourire, puis aussitôt interroge :

— Et papa ? Quand est-ce qu'il va revenir ?...

Un peu prise de court, Claire répond sincèrement, mais visiblement sans certitudes précises :

— Le plus vite possible, mon chéri !... Tu sais, lui aussi doit avoir hâte de voir Michel !...

Et, peut-être un peu plus gaie, elle ajoute :

— Il est mignon, tu sais !... Il est tout petit !...

Louis répond au sourire de sa mère mais rentre la tête dans les épaules et serre ses mains entre ses genoux, comme s'il avait brusquement froid...

Il est d'ailleurs aussitôt parcouru d'un long frisson qui soucie sa mère.

— Qu'est-ce que tu as ? Tu as froid ?

Louis acquiesce du menton sans pourtant desserrer les dents et Claire s'en inquiète, glisse sa main dans l'échancrure de sa chemisette et regarde en même temps les premières gouttes de pluie qui s'écrasent sur la vitre :

— C'est vrai que tu n'as presque rien sur la peau !... Et moi qui n'ai rien pris !... Tout est dans la valise...

Elle attire Louis contre elle, le serre contre sa poitrine et lui dit en souriant :

— Il va falloir que tu te contentes de moi !...

Alors Louis sourit aussi et, comme un petit chat, il se pelotonne en repliant ses jambes sur la banquette et en laissant aller sa tête contre le ventre de sa mère... ce ventre retrouvé, maintenant plat, contre lequel elle l'étreint en caressant ses cheveux d'un geste très doux.

— Dors, mon grand... dors... tu as le temps pendant la route...

Les cils de Louis battent encore sur ses yeux graves, puis il ferme les paupières, enfin apaisé.

Là-bas, à Rouans, c'est sous la pluie d'orage que Marcelle revient sur la route et traverse le village désert.

Arrivée à la patte-d'oie qui marque l'entrée du cimetière, elle hésite, regarde sa maison toute proche rendue plus sombre encore dans son manteau de vigne vierge par la couleur plombée du ciel.

Enfin elle se décide et remonte le long du mur du cimetière, vers la menuiserie.

Quand elle y arrive, elle hésite encore : l'atelier de Pelo est sombre lui aussi et semble désert. La pluie qui tambourine sur les tôles de son toit rend le silence qui l'engourdit plus inhabituel encore.

Pelo est là, pourtant, sans occupation, devant son établi. Lorsque Marcelle pousse la porte de l'atelier, il se contente de relever les yeux du tabac brun qu'il roule entre ses doigts...

Les cheveux détrempés, des mèches collées au front et aux tempes renforçant l'impression de dénuement de son visage, Marcelle reste immobile devant la porte qu'elle a laissée se refermer.

Pour dire quelque chose, Pelo questionne :

— Les voilà dans le car?...

Marcelle acquiesce sans bouger, ramenant simplement ses bras autour de sa poitrine parce que maintenant elle a froid et qu'elle ne sait plus quoi dire ni quoi faire de son corps...

Aussi gauche qu'elle, Pelo mouille à sa lèvre le papier de sa cigarette, avant de montrer la charrette de Louis abandonnée avec son chargement de morceaux de bois sur le tas de sciure.

— Il a oublié sa charrette...

Il a dit ça comme si le jouet avait maintenant perdu sa raison d'être et rendait plus sensible encore le départ de Louis et son absence déjà. C'est à cela et plus encore que Marcelle doit penser en ramassant la charrette qu'elle vient poser sur l'établi de Pelo.

Avec un geste tremblant, elle essuie son visage mouillé et sort son mouchoir de sa poche pour tamponner ses yeux. La pluie n'y est pour rien et Marcelle n'essaie pas d'effacer les traces de son émotion, elle voudrait s'en moquer.

— Je suis bête... mais c'est comme ça!...

— Je sais...

Presque timidement, il a levé la main vers la joue de Marcelle... Alors, c'est comme si ce geste-là était le signal qu'elle attendait pour se laisser aller; d'un seul coup, tous remparts de volonté anéantis, balayés par le trop-plein de chagrin, elle éclate en larmes dans les bras de Pelo qui la berce.

— C'est ça! Pleure! Pleure un bon coup!...

— Oh, Pelo!...

A travers ses larmes qui redoublent, elle répète son nom, son nom balbutié dans la tendresse et l'étreinte qui les réunit à jamais, bouleversés comme les rescapés d'un long cauchemar...

3425

Composition Interligne B-Liège
Achevé d'imprimer en Europe (France)
par Brodard et Taupin à la Flèche (Sarthe)
le 15 mars 1993. 6905G-5
Dépôt légal mars 1993. ISBN 2-277-23425-7
Éditions J'ai lu
27, rue Cassette, 75006 Paris
Diffusion France et étranger : Flammarion